www.tredition.de

AF186368

Zahlreiche Tiere auf dem Globus empfinden Lust und Schmerz, Freud und Leid, Hoffnung und Verzweiflung in ähnlicher Weise wie wir. Würden wir einsehen, dass uns eine evolutionäre Kontinuität mit allen anderen Lebewesen verbindet, würden wir begreifen, dass wir bloß „... Leben sind, das Leben will, inmitten von Leben, das Leben will."[*], so würde dies unser Denken und Handeln radikal verändern. Es wäre wohl die größte Revolution der Menschheitsgeschichte.

[Michael Schmidt-Salomon: *Keine Macht den Doofen*. Eine Streitschrift, München 2012, S. 19]

[*] vgl. Albert Schweitzer: *Die Lehre der Ehrfurcht vor dem Leben*, Berlin 1974, S. 30

Wera Wendnagel

Die Wildnis, die alte Frau und ihre Tiergeschichten

Gedanken über Leben und Vergehen

www.tredition.de

Umschlag, Coverfoto »Tessy« u. Bilder im Buchinhalt: Wera Wendnagel
Lektorat u. Layout: Schreibwerkstatt Birgit Freudemann, Lektorat + Korrektorat, www.schreibwerkstatt-bf.de

Verlag: tredition GmbH, Hamburg
ISBN: 978-3-8495-6923-5
Printed in Germany

Bibliografische Information der Deutschen Nationalbibliothek:
Die Deutsche Nationalbibliothek verzeichnet diese Publikation in der Deutschen Nationalbibliografie; detaillierte bibliografische Daten sind im Internet über http://dnb.d-nb.de abrufbar.

Inhalt

Weshalb überhaupt Tiergeschichten?

Herbst. Bald wird es schneien. In der stadtnahen Wildnis sind sämtliche Wege von Laub bedeckt. Mit schlurfendem Schritt wirbelt eine alte Frau es auf, blickt zu Boden und versucht sich über die bunten Farben zu freuen. Es gelingt ihr nicht. Tessy, ihre fröhliche Begleiterin der letzten Jahre, hat sie verlassen. Gerade hier glaubt sie ihre Gegenwart deutlich zu spüren und spricht mit ihr wie gewohnt. Ihr wird bewusst, wie töricht das ist. Sie hadert mit dem Schicksal; dabei war doch das Natürlichste der Welt geschehen. Sie hatte das geliebte Tier einschläfern lassen, als es zu verstehen gab, nicht mehr leben zu wollen. Die Hündin war alt geworden, konnte kaum noch laufen, wurde spazieren gefahren. Lange hatte sie diesen Zustand sogar genossen, konnte kaum erwarten, in ihr Wägelchen gesetzt zu werden. Doch dann, eines Tages, verweigerte sie jeden Bissen; keine der Köstlichkeiten, die einen Hundegaumen sonst erfreuen, veranlassten sie, das Maul zu öffnen. Ihrem Menschen blickte sie tief in die Augen, und der verstand. In diesem Fall muss sich wirklich niemand Vorwürfe machen.

Verlassen, vereinsamt wandert die Frau querfeldein durchs Unterholz und hängt trüben Gedanken nach. Auch sie ist alt geworden, sehr alt, könnte bald sterben. Noch aber ist ihr nichts anzumerken. Rüstig schreitet sie voran, während sie der Menschen und Tiere gedenkt, die sie bereits verloren hat. Die tiefe Traurigkeit bedrückt sie, dann aber atmet sie tief durch. Warum ist denn die Wildnis heute so menschenleer? Wo bleiben die anderen Hundefreunde mit ihrer wohltuenden Teilnahme? Jetzt erst bemerkt sie, dass sie in dichtem Nebel wandert.

Mit vielen Menschen und Tieren hatte sie einst Freundschaft verbunden, ehe sie immer wieder Abschied nehmen musste. Sie grübelt darüber, weshalb Erinnerungen an Tierfreundschaften meist einen bitteren Beigeschmack haben. Wahrscheinlich, weil wir so sehr der Menschenwelt verhaftet sind und oft schlechtes Gewissen uns plagt, wenn es um das Wohlbefinden von Tieren geht. Aber diesmal hatte sie wirklich alles richtig gemacht. Deshalb ist der Abschiedsschmerz nicht der alleinige Grund ihrer Traurigkeit, die nicht von ihr weichen will. Es ist diese Herbststimmung der Vergänglichkeit, die sich ihr bleischwer auf die Seele legt. Ihr fällt der unumwundene Ausspruch eines Kindes ein: „Oma, du bist alt. Oma, du stirbst bald."

Sie muss lächeln und fühlt sich etwas getröstet. Es handelt sich ja nur um eine ganz gewöhnliche Altersdepression! Sie beschließt dagegen anzuschreiben und mit ihren Tiergeschichten zu beginnen.

Pumpi – das tragische Schicksal eines Hundes

Nur vage erinnerte sie sich an das Haus, in dem sie ab 1931 die ersten Lebensjahre mit ihren Eltern, ihrem Onkel, dem Bruder ihrer Mutter, und dessen Frau verbrachte. Ursprünglich nur das Sommerhaus einer wohlhabenden Familie, war es umgeben von einem großen Garten. Hinter dem Haus führte eine steinerne Treppe den steilen Hang hinauf. Den jungen Leuten gefiel es auf den ersten Blick – und es stand leer! Die Miete war erschwinglich. Sie überlegten nicht lange; und so zogen die vier Menschen und ihr Hund kurz darauf ein. Bis auf Käthe, Lehrerin in einer Reformschule, arbeiteten sie gemeinsam in der Redaktion einer kleinen politischen Zeitung in der nahe gelegenen Stadt.

Der erste Hund ihres Lebens war weiß, von unbestimmter Rasse. Dabei hat sie ihn nie selbst kennengelernt. Am Tag ihrer Geburt war er gestorben. Als Mutter und Kind aus dem Krankenhaus kamen, war kurz zuvor der Nachbar vorbeigekommen und hatte den leblosen Körper des seit Tagen vermissten Tieres auf die Schwelle des Hauses gelegt – über die nun die neue Erdenbürgerin getragen wurde. Das Entsetzen und die Trauer über den Tod des geliebten Tieres überschatteten ihren Einzug. Wie hatte sich die Familie auf das Kind gefreut und sich auch ausgemalt, wie wohl der Hund auf ein Baby reagieren würde. Gefreut auch darauf, das Kind mit Pumpi aufwachsen zu sehen.

Schon Tage, bevor die hochschwangere Isolde in die Klinik gekommen war, weil die Wehen eingesetzt hatten, waren sie losgezogen, um nach Pumpi zu suchen. Es war so gar nicht seine Art, länger wegzubleiben. Im Gegenteil, er war sehr anhänglich. Kinder hatten ihn vor vier Jahren hungrig, frierend und zitternd gefunden und ihrer Lehrerin mitgebracht; die würde ihm schon helfen können. Sie nahm ihn mit nach Hause; dort war er auch wohlgelitten, doch fuhr sie zunächst jeden Morgen mit ihm zur Schule. Er wurde der geliebte Klassenhund. Den Vormittag verbrachte er also in der Schule, nachmittags aber stöberte er frei in Garten und Umgebung herum.

Als er verschwunden war, durchkämmten sie die nähere und weitere Umgebung, konnten ihr geliebtes Tier aber nirgends finden.

Dann dies: Der Nachbar hatte den kleinen Leichnam heimlich vor die Tür gelegt. Jemand hatte ihn dabei beobachtet. Daraufhin stellte man den Nachbarn zur Rede … Er könne nichts dafür. Der Streuner sei auf sein Grundstück gekommen, wo er eine Fuchsfalle aufgestellt habe. Die Schulkinder weinten vor Kummer und Schmerz; und die trauernde Familie litt besonders unter der Vorstellung, wie Pumpi unter Schmerzen in Nacht und Einsamkeit gelitten haben mochte, bevor er starb.

Zur gleichen Zeit wurde den vier jungen Menschen in dem Haus am Hang ein Kind geboren. Es dauerte eine Weile, bis die gedrückte Stimmung verflogen war, und die ganze Familie sich endlich gelöst und freudig dem Neugeborenen widmen konnte. Sie hatten sich auf den Namen *Elsa* für das kleine Mädchen geeinigt, Tante Käthe aber – sie hatte schon *Pumpi* als Name für den zugelaufenen Hund geprägt – fand bald viele andere Namen für das Kind. Als dieses dann selbst etwas plappern konnte, wählte es unter den vielen Angeboten *Tinti* für sich aus. Erst als es in die Schule kam, erfuhr es, dass es eigentlich Elsa hieß.

⁕⁕⁕

Elsa, mittlerweile eine alte Frau, empfindet nun acht Jahrzehnte später wieder Schmerz und eine Bedrückung, die schon in ihren ersten
Lebenstagen die Stimmung um sie herum geprägt haben dürfte. Sie
überlegt, ob jenes erste traurige Ereignis vielleicht von Anfang an
einen schwermütigen Schleier über ihr Leben gelegt hat. Aber nein,
die angenehmen Erlebnisse überwogen doch, schöne Erinnerungen
haben sie immer wieder getröstet. Sie richtet sich auf und schreitet
hurtiger aus.

Ein großer schwarzer Hund kommt des Weges und bleibt überrascht
stehen. Eine Begegnung mit dem Intimfeind ihrer Tessy war immer
eine mittlere Katastrophe gewesen. Jetzt wedelt der aber freundlich
mit dem Schwanz, und auch Elsa spricht ihn freundlich an: „Friede
sei mit dir", sagt sie ironisch. Er trollt sich.

Diese Wildnis ist Teil des Frankfurter Sinai-Parks, eine mit ihren
Bäumen, Büschen und Brombeerhecken sich selbst überlassene Brache
am Rande des gepflegten Parks. Sie beherbergt zahlreiche Wildpflan-
zen und Tiere. Noch nie zuvor aber war Elsa aufgefallen, wie viele
Kaninchen sich, anscheinend furchtlos, in Wald und Park und auf
den Wiesen tummeln. Nur in der späten Dämmerung, wenn sie mit
ihrem Hund unterwegs gewesen war, hatte sie manchmal einige über
die Waldwege flitzen sehen. Das heißt, sie hatte immer nur die kleinen weißen Stummelschwänze der Tierchen erblickt, ihre Tessy aber
tat dabei völlig desinteressiert. Sie wusste längst: *Die krieg' ich ja
doch nicht.*

Dagegen war ihnen schon das eine oder andere Mal ein wildernder

Hund mit Kaninchen im Maul begegnet. Nun aber, als Mensch ohne Hundebegleitung, ist Elsa für die Wildtiere also keine Bedrohung. *Ist ja auch angenehm*, denkt sie sich.

In den nächsten Tagen begegnet sie einmal sogar dem legendären Fuchs des Reviers, danach allerdings nie wieder. Zum wiederholten Male wird sie vom Geschrei und Gekrächze der Elstern und Krähen abgelenkt. Sie sucht nach der Ursache und entdeckt die schwarze Federmeute schließlich in einer hohen knorrigen Eiche. Mittendrin hockt ein Raubvogel. Er hat sich wohl verflogen. Ob er verletzt ist? Jedenfalls hindern ihn die Rabenvögel jetzt am Auffliegen.

Es sind vermutlich Bussarde, die an klaren Sommertagen über der Wildnis und dem Park kreisen. Es ist schön anzusehen, wenn ein solches Vogelpaar ruhig am blauen Himmel seine Bahn zieht. Obwohl es ja Raubvögel sind, wirkt es friedlich, wie sie harmonisch, fast synchron, dahingleiten. [Abb. Ein Raubvogel kreist über dem Sinai-Gelände]

Nach einer Weile fällt ihr ein, dass die ersten Tiere ebenfalls große Vögel, Rabenvögel, gewesen waren, nachdem sie hierher gezogen war, die ihr Interesse geweckt hatten, weil sie im Garten ums Haus ungeniert und laut ihr Wesen trieben. Sie hat sie seitdem intensiv beobachtet und will diese wichtigen Geschichten nicht in Vergessenheit geraten lassen.

Vogelbeobachtungen

Elsa beobachtete schon immer gern Vögel. Als sie im Jahr 1980 mit ihrer Familie in die Siedlung am Sinai-Park zog, bot sich hierfür die beste Gelegenheit. Nicht nur im nahegelegenen Park und dessen verwildertem Teil, nein, auch zwischen den Häusern und Gärtchen spielte sich reges Vogelleben ab. Besonders fielen Elsa diese großen bunten Vögel auf, die sie als Eichelhäher identifizierte. Eigentlich waren ihr die als Wächter des Waldes bekannt; jetzt waren sie aber offenbar zu 'Kulturfolgern' geworden. Wie sonst war zu erklären, dass sich hier zwar ein großer Schwarm herumtrieb, sie ihre krächzenden Rufe, mit denen sie sonst im Wald vor jedem Eindringling warnten, aber nur ganz selten hören ließen? Für die Nachbarn waren diese Vögel eine Selbstverständlichkeit. Als etwa gleich große Konkurrenten gab es aber nur noch die Rabenkrähen.

Dann, an einem Wochenende, brach Krieg aus zwischen diesen beiden Vogelarten. Elsa, die die Woche über ganztägig bei der Arbeit gewesen war, wurde davon völlig überrascht. Heerscharen schwarzer Rabenvögel tauchten in den Gartenanlagen auf; unheimliches Vogelgeschrei erfüllte die Luft. Elsa wunderte sich, offenbar die Einzige zu sein, die dieses außergewöhnliche Geschehen wahrnahm. Sie bezog einen Beobachtungsposten. Trotzdem konnte sie den eigentlichen Anlass, weswegen die farbenprächtigen Eichelhäher am Ende das Feld räumten, nicht feststellen. Wohin mochten sie sich verzogen haben? Nie konnte sie diesen Umstand klären. In der nahen Wildnis oder dem Park gab es sie jedenfalls nur vereinzelt, neben Grünspechten und großen und kleinen Buntspechten. Aber auch die Rabenkrähen konnten sich nicht lang an ihrer Überzahl erfreuen, denn ihren Verwandten, den Elstern, gefiel diese Situation nicht. Am darauffolgenden Wochenende wurde Elsa Zeugin eines Großangriffs der Elstern auf die Rabenkrähen; das große Geschrei und Federstieben hatten ihre Aufmerksamkeit erregt. Alle Schwarzgefiederten schienen sich mit den Dunkelblauweißen auf dem Erdboden in einem der Gärten zu balgen. Als Elsa dorthin eilte, um den Kampf aus der Nähe zu beobachten, erhoben sich alle Vögel kreischend in die Lüfte – bis auf ein einziges Tier; es blieb am Boden liegen. Vorsichtig öffnete Elsa das Gartentor zu dem fremden Grundstück. Niemand schien zu Hause zu sein. Eine tote Krähe lag auf dem Rasen. Elsa drehte den Vogel um. Er hatte ein tiefes Loch im Hinterkopf.

Von da an war die Anzahl an Krähen und Elstern im gesamten Sinai-Gelände auf ein erträgliches Maß reduziert. Nur im Herbst, drohte ein Kälteeinbruch, versammelten sich Jahr für Jahr wieder Scharen schwarzer Krähen in den hohen Bäumen an dem in Richtung Stadt gelegenen Parkausgang. Sie kamen in Gruppen oder einzeln herbeigeflogen; aber woher und warum auf einmal in solch einer Überzahl? Elsa hätte gern einen Ornithologen befragt, wenn sie einen gekannt hätte. So blieb ihr nur das Gespräch mit Spaziergängern, von denen jeder eine andere Theorie entwickelte.

Es muss wohl mit der Klugheit und dem sozialen Zusammenhalt dieser Tiere zusammenhängen, fand Elsa eines Tages heraus, als ein furchtbares Vogelgeschrei vom Dach des gegenüberliegenden Hauses herüberdrang. Dort balancierte eine fremde Katze auf dem Dachfirst Richtung Kamin. Offenbar befand sich da ein Krähennest. Ein alter überdachter Schornstein, über dessen Oberkante Teile eines Nestes hervorlugten. Das Vogelpaar schrie aus vollem Halse und hackte nach dem Feind, den das aber gar nicht zu beeindrucken schien. Die

Katze ging nur ein wenig rückwärts und wartete ab. Sie hatte ja Zeit, Geduld sowieso. Die beiden Krähen aber schrien weiter nach Leibeskräften. Da kamen von überall her immer mehr der schwarzen Artgenossen als Beistand herbeigeflogen. Bald war das Dach voll besetzt und die Katze floh in Panik.

Ob in dem Krähennest auf dem Dach allerdings junge Vögel heranwachsen konnten, bezweifelte Elsa, denn was eine richtige Katze ist, die gibt ein einmal entdecktes Nest nicht auf. Vermutlich hat sie es zu einem anderen Zeitpunkt erneut und überraschend versucht. Vielleicht aber haben auch die Vogeleltern das Nest aufgegeben.

In der Gegend war wieder Ruhe eingekehrt, nur einmal für wenige Tage unterbrochen, als ein Buntspecht die Wandverkleidung eines Wohnblocks neben der Wildnis mit einem Baumstamm verwechselte. Er hämmerte, scheinbar überaus wütend, darauf ein, bis das den Bewohnern des Hauses schließlich zu viel wurde und sie ihn vertrieben.

Zu erwähnen sind noch die Ringeltauben, die die hohe Fichte in Elsas Garten wohl als idealen Nistplatz entdeckt hatten. Da ein Täuberich aber mit seinem Guck-Guru-Geschrei die Menschen ringsum im Allgemeinen arg nerven kann, waren die Tauben nicht gern gesehen und wurden nach Möglichkeit vertrieben.

Eines Tages beobachtete Elsa aber ein Taubenpärchen, das eng aneinandergeschmiegt still auf einem niedrigen Ast saß. Diese regungslose Ruhe der beiden war so seltsam, dass Elsa immer wieder nach ihnen schaute. Am nächsten Tag saßen die beiden immer noch unverändert aneinandergepresst da. Dann, am dritten Tag, war der Ast leer, aber im Gras darunter lag eine tote Taube. Nichts war ihr anzusehen; sicherlich war sie eines natürlichen Todes gestorben. Tauben sind ja nicht gerade dafür bekannt, besonders treue Partner zu sein, wie dies sonst in der Vogelwelt vielfach vorkommt. Trotzdem nahm Elsa an, dass hier ein Partner oder eine Partnerin den anderen im Sterben nicht hatte allein lassen wollen. Sie war gerührt und begrub die tote Taube im Gärtchen.

All diese Vögel waren die einzigen Wildtiere, über die Elsa in der Sinai-Wildnis dank ihrer intensiven Beobachtung viel Neues lernen konnte. Eichhörnchen und Kaninchen kannte sie ja schon zur Genüge. Ihr wurde klar, dass da neben der Menschenwelt, selbst in der Großstadt, eine Welt freilebender Tiere existiert, die, obwohl Kulturfolger, sich herzlich wenig um die Menschen kümmern. In Notzeiten nehmen sie zwar gern Futter an und tun recht zahm, ansonsten aber leben sie ihr ureigenes Leben mit eigenen Problemen und der artspezifischen Lösung derselben.

**

Die Erinnerung an ihre damaligen Vogelbeobachtungen erweckt in Elsa ein Gefühl von Naturverbundenheit. Eine fast schon heitere Stimmung überkommt sie dabei. Sie geht beschwingt weiter und setzt sich im nahen Park auf eine Bank. Hatte sie vorhin bei der Begegnung mit dem einst gefährlichen Gegner ihrer Hündin nicht sogar gelacht?

Heute Morgen noch war ihr das Leben so sinnlos erschienen, dass sie erst gar nicht aufstehen mochte. Sie erinnerte sich, wie das früher gewesen war, und unversehens erschienen ihr Bilder aus der Vergangenheit. Intensiv beschäftigte sie, was einmal geschehen war; was sie oder andere hätten anders machen sollen oder können; was gut oder falsch gewesen war. So grübelte und döste sie zwischendurch, bis ihr plötzlich einfiel, dass sie doch eigentlich aufstehen wollte. Sie überlegte, was sie an diesem neuen Tag reizen könnte … frühstücken, die Zeitung lesen; dazu fiel ihr aber nichts Besonderes ein. Also würde sie eben allein spazieren gehen und ihrer Trauer intensiv nachhängen. Deshalb sitzt sie jetzt auf der Parkbank und schaut den meist jungen Menschen und den spielenden Kindern und Hunden zu. Dabei fällt ihr ein, wie ihr schon zwanzig Jahre zuvor im Urlaub in Frankreich in ähnlicher Situation urplötzlich bewusst geworden war, dass sie nun endgültig alt ist. Dabei hatte sie damals, verglichen mit heute, noch eine lange Zukunft vor sich.

Man ist alt, wenn man mehr in der Vergangenheit lebt als in der Zukunft, ist eine alte Volksweisheit, aber der römische Philosoph Seneca behauptete, beides sei falsch: Der wahre Lebenskünstler lebe intensiv in der Gegenwart. Elsa nimmt sich fest vor, ihre Gegenwart besser auszuleben, aber die Bilder der Vergangenheit, wann immer sie aufsteigen, nicht zu verdrängen, sondern zuzulassen.

Später fällt Elsa auf, dass er nun schon lange nicht mehr da gewesen ist, der alte Mann, der sich oft neben sie gesetzt hatte mit den Worten: „Gestatten, gnäd'ge Frau?" Meist gab er sich Mühe, höflich zu sein, war manchmal aber erschreckend ordinär – oder nur sehr ehrlich? „Was bietet uns das Leben noch …?", sinnierte er, „essen, trinken, verrecken … und dann ab in die Kiste."

Dennoch, er hatte seine Freuden. Den jungen vorübergehenden oder -radelnden Frauen rief er freundlich-freche Worte zu. Gelegentlich blieben welche stehen und unterhielten sich kurz mit ihm; dann war er glücklich. Elsa erkundigt sich nach dem alten Mann, nur um zu erfahren, dass niemand ihn näher kenne, niemand wisse, wo er hergekommen sei, wo er wohne und jetzt abgeblieben sei.

„Er wird wohl gestorben sein. In letzter Zeit schlurfte er nur noch so daher." Eine dieser lieblosen Antworten, die Elsa doch sehr erschrecken. Aber selbst sie hatte sich ja nie für seine Lebensumstände interessiert. Er wollte wohl auch nicht darüber sprechen. Er streichelte ihren Hund und hatte immer etwas für ihn in der Tasche. Nun beschleicht Elsa doch ein schlechtes Gewissen. So ist es wohl im Sinai-Park und in der Stadtwildnis. Viele alte einsame Frauen mit ihren ebenfalls alten Hunden kommen hier zusammen, treffen sich, reden über Belanglosigkeiten – und eines Tages kommen sie nicht mehr. Dann ist der Hund gestorben, und allein kommt die Frau nicht mehr. Vielleicht ist auch die Frau gestorben, und der Hund kam ins Tierheim. Etwas Genaues weiß man nicht; es existiert da offenbar ein Tabu.

Wieder zu Hause, greift Elsa nach dem schön eingebundenen Buch mit den vielen leeren Seiten. Ein Geschenk: Sie solle sich von der Seele schreiben, was sie bedrückt. Die Seiten bleiben leer. Für wen soll sie schreiben? Vielleicht für sich selbst? Ihre Biografie? Wen interessiert das schon …

„Tiergeschichten sind gut, die verkaufen sich immer", hatte eine befreundete Verlegerin gesagt. Elsa mag diese kommerziellen Überlegungen nicht, bemerkt aber, dass viele Geschichten abrufbereit in ihrem Gedächtnis lagern. Sie müsste sie nur herausholen und festhalten. Sie setzt sich an ihren Schreibtisch, Bilder tauchen aus dem Nichts auf, nehmen Gestalt an, umgeben sie. Sie ist nicht länger allein. Der rein technische Vorgang des Schreibens wird ihr nicht bewusst. Erst später bemächtigen sich ihrer eine große Müdigkeit und Unsicherheit. Ist es richtig, was sie da anfängt? Hat sie denn etwas mitzuteilen? Menschen werden alt, Tiere werden alt, und irgendwann sterben sie alle.

Am nächsten Morgen fröstelt Elsa, als sie den Park betritt, und beschließt daher, nicht wie sonst eine Weile auf der Bank am Weg zu rasten und zu träumen. Der Mann mit dem großen Schäferhund kommt des Weges. Jetzt ohne ihren Hund, erkennt er die Alte gar nicht und marschiert energischen Schrittes an ihr vorbei. Sie ist froh, denn hätte er sie nach Tessy gefragt, sie hätte weinen müssen. Dieser Mann trägt immer eine Art Militärlook und hält seinen Hund streng bei Fuß an kurzer Leine. Ihre Hunde hatten sich immer von Herzen gehasst. Deren Abneigung übertrug sich dann auch auf ihre beiden Menschen. Tessy, natürlich frei laufend, hatte vor nichts und niemandem Angst, auch nicht vor einem übergroßen Rüden, dem sie einmal bei einer Begegnung einfach an die Kehle ging. Warum? Elsa wusste es nicht. Vielleicht fühlte ihre Hündin instinktiv, dass ihre Herrin den Hundehalter nicht mochte. Die beiden Menschen hatten Mühe, ihre beißenden, knurrenden Hunde unverletzt zu trennen. Der Mann war wütend geworden und hatte Elsa angeschrien, sie solle ihren kleinen Bastard besser erziehen ... und wenn sein Hund nicht von so guter Rasse und edlem Charakter wäre, würde ihre Hündin jetzt tot sein.

Die alte Elsa seufzt. In Gedanken versunken geht sie weiter und schlägt ebenfalls einen Marschschritt an, bis ihr allmählich wärmer wird und schöne Erinnerungsbilder in ihr auftauchen. Eigentlich hat sie auch Schäferhunde immer geliebt. Hexe hieß damals die Schäferhündin. Es war kurz vor Kriegsausbruch.

Hexe – ein armer Kettenhund

Elsa war sieben Jahre alt, als sie den ersten realen Hund ihres Lebens näher kennenlernte. Zuerst fürchtete sie sich sehr vor ihm, denn bei ihrem Anblick tobte er an seiner Kette, knurrte, bellte und zeigte seine großen weißen Zähne.

„Wenn er dich erst richtig kennt, wird er nicht mehr bellen und dich auch nicht beißen", versuchte die neue Pflegemutter sie zu beruhigen. Elsa hatte ihre Eltern verloren und war zu einer Pflegefamilie gekommen, in deren Hof ein großer Schäferhund an der Kette lag.

Die traurige Geschichte der Kettenhunde kannte sie von ihrem Onkel. Er hatte sie in den baltischen Staaten erlebt, 1914, als Soldat. Auf jedem Bauernhof hielten die Leute einen furchtbar bissigen Kettenhund. Ausführlich beschrieb ihr Onkel, wie die niedlichen, tollpatschigen Welpen zunächst bei ihrer Mutter belassen und hauptsächlich von Menschenkindern gestreichelt und liebkost wurden. Dann nahm man sie viel zu früh fort von der Milchquelle und legte sie sogleich an die Kette. Kein Mensch durfte sich mehr um sie kümmern. Lieblos wurde den armen winselnden Wesen das Futter zugeschoben, das sie zunächst nicht anrührten. So ging das wochenlang, bis der Hunger zu groß und Fressen ihre einzige Freude wurde. Aber danach waren diese Hunde so böse und bissig geworden, wie die Bauern sich das wünschten, weil sie glaubten, nur ein böser Vierbeiner könne ihren Besitz richtig gut verteidigen.

All das mag der kleinen Elsa durch den Kopf gegangen sein, als sie am nächsten Morgen, allein gelassen, Haus und Hof besichtigte. Vorsichtig beäugte sie auch den Kettenhund, der in der Sonne vor seiner Hütte döste. Er blieb ganz ruhig, und Elsa fand, dass er eigentlich ein ganz liebes Gesicht hatte. Er bellte nicht ein einziges Mal, sondern stand auf und wedelte freundlich mit dem Schwanz – da fasste sie sich ein Herz und streichelte ihn vorsichtig.

Dann kam ihr eine Idee: Aus dem Haus holte sie ihre Puppe, Kissen und eine Decke. Während sie freundlich mit dem Hund sprach, stopfte sie alles in die Hundehütte, setzte sich daneben, umschlang Hexe mit beiden Ärmchen, presste ihr Gesicht in ihr Fell und weinte ein bisschen. Da kam auch schon die junge Frau aus dem Haus, die ihr Pflegekind vermisste. Mit einem Aufschrei rannte sie zum Kind und riss es von dem Hund weg. Elsa gefiel das gar nicht. Sie begehrte auf und erklärte, dass sie diesen Hund liebe und verstehe und nie mehr von ihm getrennt werden wolle. Das stimmte die Frau nachdenklich und versöhnlich. Sie nahm ihre neue Tochter in den Arm, kraulte den Hund und erklärte ihr, dass er eine Hündin sei und Hexe hieße.

Als der Bauer von der Freundschaft zwischen dem kleinen Mädchen und dem Hund hörte, lachte er gutmütig. Er mache ja jeden Morgen, wenn alle anderen noch schliefen, gemeinsam mit Hexe einen Kontrollgang über sein Anwesen, meinte er.

Ob sie auch mit Hexe spazieren gehen dürfe, fragte Elsa.

„Später einmal", lautete seine knappe Antwort.

Elsa gab sich damit nicht lange zufrieden und drängelte. Eines Tages bekam sie dann tatsächlich vom Bauern die zwei Meter lange Kette in die Hand gedrückt, mit der Hexe an ihrer Hütte festgemacht war. Die Hundebehausung war in der Mauer dahinter verankert, weil ein so großer Schäferhund viel Kraft aufbringt, wenn er wütend an der Kette zerrt. Jetzt wurde die Kette also von der Hütte gelöst und dem Kind in die Hand gegeben. Mit ein paar dürftigen Worten erklärte ihm der Bauer, wie so ein Hund zu behandeln und zu leiten sei. Auf keinen Fall aber dürfe sie ihn loslassen. Sie müsse die Kette immer fest in der Hand behalten. Damit ließ er die beiden allein.

Freudig überrascht spürte Hexe, dass sie nur noch mit ihrer kleinen Freundin verbunden war. Die Hündin verstand, was das bedeutete – spazieren gehen! Hexe kannte sich aus und schien keinen Moment daran zu zweifeln, dass sie es sei, die das Kind zu führen habe. Solange sie sich noch in Sichtweite ihres Herrn glaubte, trabte sie manierlich neben Elsa her, danach aber zeigte sie, wo und in welchem Tempo es ihrer Meinung nach langzugehen hatte. Elsa stemmte sich zwar gegen die kräftige Hündin und versuchte ihre Meinung mit energischem Kommandoton durchzusetzen, musste dann aber doch dem Hund die Führung überlassen. Ihre Kraft reichte nicht aus, ihren Willen durchzusetzen. Also machte sie gute Miene zum gefährlichen Spiel und hoffte auf den guten Charakter des geliebten Hundes.

Das war auch gar nicht so falsch. Anfänglich schleifte Hexe das kleine Mädchen hinter sich her; als es aber hinfiel, blieb sie stehen. Und als hätte sie eingesehen, dass es so nicht gut geht, lief sie langsamer und schien sich ihrem Menschen anpassen zu wollen. Natürlich konnte der Hund manche Schwierigkeiten seiner kleinen Freundin nicht verstehen. Diese lange Kette war doch eine sehr ungünstige Verbindung zwischen ihnen; dem Kind fiel es schon schwer, allein nur die Kette festzuhalten.

Hexe führte das Kind dann in das Waldstück und folgte nicht mehr den Wegen. Immer wieder schlang sich die Kette um Bäume und Sträucher und zwang Hexe ruckartig zum Stehen. Elsa musste den Hund jeweils um das Hindernis zurückführen, um es gemeinsam zu überwinden – und da begriff das Tier wohl, dass in dieser Situation der kleine kluge Mensch doch eine Stütze war. Als Elsa jetzt freundlich auf den Hund einsprach, ihm beruhigend Hals und Rücken streichelte, wurde er zusehends ruhiger und ließ sich auf den Waldweg zurückführen. Sie fanden zu einem gemeinsamen Laufrhythmus und wanderten einträchtig durch Feld, Wald und Wiesen.

Erst nach Stunden machten sie sich auf den Heimweg. So wie sie vorher jedem Wildgeruch widerstanden hatte, um ihre Führerin nicht zu strapazieren, blieb Hexe jetzt auch ganz ruhig, als sie die Witterung ihres Herrn aufnahm, und begrüßte den Bauern mit souveränem Selbstbewusstsein. Sie hatte ihre verantwortungsvolle Aufgabe mit Bravour bestanden. Dem Bauer fiel ein Stein vom Herzen. Als sie losgezogen waren, hatte er den beiden eine Weile amüsiert nachgeschaut. Selbst als er sah, dass Elsa hinfiel und ein Stück weit mitgeschleift wurde, weil sie die Kette nicht losließ, dachte er sich nichts dabei.

Sie wird schon umkehren, wenn sie merkt, wie schwer es ist, so einen großen Hund zu zähmen, dachte er wohl bei sich. Erst als ihm seine Frau heftige Vorwürfe machte, und das Mädchen lange Zeit mit dem Hund nicht zurückkehrte, wurde ihm doch angst und bange.

Jetzt war er heilfroh und sparte nicht mit Lob und Anerkennung für beide. Den herbeigelaufenen Kindern und Erwachsenen musste Elsa immer wieder erzählen, was alles sie mit Hexe erlebt hatte. Jetzt erst bemerkte sie, dass ihre Knie bluteten. Ihre Hände waren geschwollen und voller Striemen, ihr Mund fühlte sich trocken an, und sie überkam plötzlich eine bleierne Müdigkeit.

Bald nach diesem Ereignis holte die Großmutter Elsa zu sich. Zweimal durfte sie noch die großen Ferien auf dem Bauernhof verbringen, ehe die Russen das kleine Dorf in der Uckermark einnahmen. Beim letzten Besuch, 1944, fiel ihr auf, dass Hexe alt geworden war und in einer Kiste unter dem Schreibtisch zu Füßen ihres Herrn lag. Sie schien zufrieden, erkannte Elsa sofort und freute sich. Der Bauer wurde kurz darauf eingezogen und blieb dann vermisst, aber da war Hexe schon tot. Sie habe Krebs gehabt und in Anbetracht der Zeitläufte sei sie rechtzeitig gestorben.

✼✼✼

Rechtzeitig gestorben? – Die alte Frau setzt sich auf den Stamm eines umgestürzten Baumes, um über die Bedeutung dieser Worte im Brief ihrer Pflegemutter nachzusinnen, die wohl tröstlich gemeint waren. Wie macht man das nur, rechtzeitig zu sterben? Nicht das erste Mal, dass sie sich fragte, wann wohl für sie die rechte Zeit sei zu sterben. Würde sie denn jemand vermissen, sie noch gebraucht werden? Hatte sie noch eine Aufgabe zu erledigen in dieser Welt?

Mit alten Freunden hatte sie diese Fragen schon des Öfteren erörtert und erstaunt festgestellt, dass diese, falls sie überhaupt darauf eingingen, überzeugt waren, sie könnten den Zeitpunkt ihres Todes souverän selbst bestimmen – so ganz ohne Schmerz und Leid, einfach so: Jetzt ist's genug!

Aber Elsa erinnert sich an ganz andere Erfahrungen: Nur Tiere, mit denen sie eine Zeit lang zusammengelebt hatte, waren dank menschlicher Einsicht und Hilfe oft zum richtigen Zeitpunkt erlöst worden.

Alt werden, über den Tod nachdenken … Hatte sie denn nichts Besseres zu tun? Elsa wird ärgerlich.

„An was Schönes denken!", ermahnt sie sich laut im Weitergehen. Und was eignet sich an einem kühlen Herbsttag dazu mehr als die Erinnerungen an ein warmes, sonniges Land? Sie tagträumt und bemerkt dann, dass sie schon wieder die gleiche Umgebung durchstreift – der gleiche Pfad durch die Wildnis; sie ist im Kreis gelaufen. Das kann schon mal passieren in einem kaum zwei Hektar großen Gelände. Jetzt betritt sie die angrenzende Parklandschaft, verlässt damit aber noch nicht ganz das Naturschutzgebiet. In diesem Teil mit auffallend vielen jungen Bäumen befinden sich zwei große naturbelassene Wiesen, deren Grasflächen nur zweimal im Jahr gemäht werden, damit sich die Wildflora besser entwickeln kann und Schmetterlinge und Insekten Lebensraum finden.

Der Sinai-Park, der sich von hier bis zur Neubausiedlung erstreckt, wird auf der linken Seite begrenzt von einer Hauptverkehrsstraße durch die Großstadt, rechts von einer Kleingartenanlage. Eine etwas abgelegene schattige Sitzecke ist menschenleer und lädt Elsa zum Verweilen ein. Sie setzt sich und vergisst alles andere um sich herum, taucht ganz tief ein in ihre Erinnerungen. Menschen, die sie so sehen, muss sie etwas gestört vorkommen – eine wunderliche Alte eben.

Das argentinische Rudel

Das Schicksal hatte Elsa 1950 nach dem Krieg nach Südamerika verschlagen. An dieses Abenteuer denkt sie immer wieder gern zurück. Besonders lebhaft erinnert sie sich an das argentinische Hunderudel, jedes einzelne Tier darin eine Persönlichkeit für sich.

Nach dreiwöchiger Schiffsreise waren sie damals im Hafen von Buenos Aires angekommen. Die Verwandten holten Elsa und Isolde ab, und gemeinsam bestiegen sie den Zug und fuhren in die kleine Stadt Moreno nahe Buenos Aires. Von dort aus ging es mit dem Fuhrwerk weiter bis zu ihrem Anwesen, der ‚Quinta‘. An der Stadtgrenze endete offensichtlich die Zivilisation, so jedenfalls schien es Elsa: weder Bäume noch Büsche, nur kahle Steppe, soweit das Auge reichte. Dann bogen sie in einen Hohlweg ein, und nun erkannte sie trotz der Staubwolke, die sie einhüllte, Gruppen von Pferden, die dicht beisammen standen und auf etwas zu warten schienen.

„Gleich sind wir da!“ Der Onkel knallte mit der Peitsche und bog in einen etwas breiteren Seitenweg ein. Da kamen sie auch schon angerannt mit lautem Gebell, die Hunde der kleinen Familie, die auf *Los Pomelos* hauste. Zumindest war dieser Name am geöffneten Eingangstor zum Grundstück zu lesen. Eine Allee von prächtigen alten Bäumen beeindruckte die Neuankömmlinge so sehr, dass sie die ärmliche Hütte im Hintergrund gar nicht richtig wahrnahmen. Die kommenden Tage und Wochen verbrachten sie dann sowieso meistens im Freien. Hinter dem Haus befand sich eine Wasserpumpe mit einem Bassin davor; gekocht wurde auf einer offenen Feuerstelle.

Elsa, damals eine junge Frau von neunzehn Jahren, fand das alles herrlich und äußerst romantisch. Die beiden Verwandten aber konnten ihre Begeisterung nicht teilen. Noch am gleichen Abend erzählten sie von ihrem Missgeschick. In Argentinien herrschte seit kurzer Zeit eine Wirtschaftskrise. Der Onkel hatte mit seiner kleinen Fabrik Pleite gemacht, das Geld ging zur Neige. Es schien, als wären Elsa und Isolde von einem Hungerland ins andere ausgewandert.

In ihrer jugendlichen Unbekümmertheit berührte das Elsa kaum. Sie war überzeugt, es irgendwie in diesem gelobten Land schon schaffen zu können. Jetzt tätschelte sie das kleine Pferd und wandte sich dann den Hunden zu, die ihr einzeln vorgestellt wurden. Die Älteste, Moni, eine Hundedame, hatte einen Hüftschaden und hinkte ein wenig. Das beeinträchtigte ihre Lebensfreude aber keineswegs. Tante Käthe hatte sie verletzt in einer Pfütze liegend gefunden, mitgenommen und gesund gepflegt. Moni hatte ein unheimliches Temperament, aber auch ein sehr liebes Wesen, wie Elsa später feststellen konnte. Dann waren da noch Panschi II und die Tochter von beiden, Senta.

Irgendwo musste sich noch ein Welpe versteckt halten, der schon an einen Nachbarn vergeben war und in den nächsten Tagen abgeholt werden sollte. Soweit die Hunde. Dann gab es noch das Pferd, vier Katzen und Hühner, folglich auch Eier, einige Obstbäume mit reifen Früchten und den Mais, der ebenfalls noch zu ernten war. So schlimm konnte es doch mit dem Hunger gar nicht werden. Vergnügt tobte Elsa mit den Hunden durchs Gelände, bis es dunkelte und die drei auffallend still wurden.

„Sie erwarten nun eure Abfahrt, wie sie das von Besuchern gewöhnt sind", erklärte Käthe, und Hans bekräftigte das. Aber schon nach zwei Tagen schienen sich die Tiere über die Vergrößerung ihres Rudels sogar zu freuen. In der ersten Nacht allerdings machte ein niedlicher kleiner Welpe Elsa den Platz im Bett streitig. Da hatte bis jetzt immer er geschlafen.

Elsa konnte in dieser Idylle, wie sie ihr erschien, leider nicht lange bleiben. Bald stand fest, dass sie in Buenos Aires Arbeit finden und Geld verdienen musste — und sich nicht mehr den lieben langen Tag nur den Hunden widmen und deren Verhalten studieren konnte. Nachdem aber Arbeit und Unterkunft in der Hauptstadt für sie gefunden waren, kam sie jedes Wochenende wieder auf die Quinta.

Jedes Mal aufs Neue genoss sie, von den Hunden, Katzen und dem Pferd Rubia wie ein Familienmitglied begrüßt zu werden. Die Hunde witterten sie immer zuerst und krochen unter Zaun und Hecke hindurch, um ihr möglichst weit mit lautem Freudengebell entgegenzurasen. Am äußersten Ende des Zaunes der Quinta Los Pomelos stand Rubia und streckte sich Elsa mit zärtlichem Wiehern entgegen. Die Krönung der Zeremonie aber war die Begrüßung durch das Katzenvolk. Vornehm, etwas steifbeinig, kamen sie angelaufen, wenn Elsa das Tor öffnete. Dann aber brachen sie in ein fröhliches Mauzen aus, und Elsa wusste nicht, welche der Samtpfoten sie zuerst auf den Arm nehmen sollte.

Nie zuvor hatte sie so intensiv das Leben von Tieren in relativer Freiheit beobachtet. Sie lernte jetzt natürlich auch grausame Seiten der Natur kennen. Aber die gehören dazu, auch wenn das manchmal erschreckend ist, nichts für sensible und prüde Gemüter. Diese Hundemeute jedenfalls lebte alle Aspekte ihres Daseins wie Fressen, Fortpflanzen, Rangordnung und Freudenfeste voll aus. Nicht zu kurz geriet dabei das Einschmeicheln bei den Menschen. Letztere waren von dem Rudel längst nach Rang sortiert, auch die beiden Neuankömmlinge bald in diese Ordnung integriert, ohne dass sie selbst es zunächst bemerkt hatten.

An erster Stelle stand zweifellos Käthe als die Herrin, gefolgt von Onkel Hans; Isolde, Elsas Mutter, belegte als Neuling den dritten Platz. Immerhin hatte sie offensichtlich ein Mitspracherecht bei der Futterverteilung. Bei Elsa war das schon schwieriger, und als sie dann berufsbedingt auch noch tagelang wegblieb, war klar, dass sie nur einen niederen Rang einnehmen konnte – eventuell noch unter Senta. So war das Problem dann auch schnell geregelt und kein Streitpunkt mehr unter den Tieren oder für die Menschen.

Das änderte sich, als eines Sonntags, nachdem die Besucher aus der Quinta abgefahren waren, ein fremder Hund zurückblieb. Alle standen im Kreis um ihn herum und beäugten ihn. Bis jetzt hatte ihn niemand bemerkt, auch die anderen Hunde offenbar nicht. Da lag er nun platt auf dem Bauch, ein Häufchen Elend. Dann erhob er sich langsam und warf sich Käthe winselnd zu Füßen. Blitzschnell hatte er erkannt, wer hier der Anführer war. Die Menschen verständigten sich darauf, dass es auf einen Hund mehr oder weniger nun auch nicht mehr ankomme.

Käthe beugte sich hinab und streichelte das zitternde Geschöpf, das von nun an ihr gehören würde: eine weißbraune Setterhündin mit ganz dickem Gesäuge. Man hatte das Muttertier also von den Jungen weggenommen und einfach ausgesetzt. Eine Praxis, die in diesem südamerikanischen Land öfter vorkam. Im Nachhinein war nicht festzustellen, woher die Hündin stammte, ob sie von ihren Besitzern bei der Familie, die für ihre Hundeliebe bekannt war, ausgesetzt worden war oder aber sich selbstständig auf den Weg gemacht hatte zu ihr sympathischen Leuten mit einem Hunderudel. Jedenfalls war sie von nun an das dritte Weibchen im Rudel, getauft auf den Namen *Suleika*, weil sie den Harem des einzigen Rüden vergrößerte.

Niemand hatte daran gedacht, auch die Tiere zu befragen. Erst am Abend kam es dann zum Eklat. Als alle zu Bett gehen wollten, suchte jeder Hund seinen angestammten Schlafplatz im Wohnzimmer auf. Für Suleika schien festzustehen, sie würde mit Käthe im Bett schlafen. Bei aller Hundeliebe, das ging zu weit! Also wurde aus einer alten Wolldecke schnell ein Bettchen gebastelt und dem neuen Hund auch ein Platz zum Schlafen im Wohnzimmer zugewiesen. Jedes Tier hatte dort, in einigem Abstand von den anderen, einen Schlafplatz. Diese Regelung war von allen respektiert und wurde eventuell sogar gegenüber den Menschen verteidigt. Nur die Katzen durften die Menschen gelegentlich in ihren Schlafkammern besuchen.

Dies alles wusste Suleika noch nicht. Sie bellte und kratzte an Käthes Schlafzimmertür. Mehrmals redete man ihr gut zu, bis sie sich beruhigt zu haben schien. Dann aber wurden die Menschen durch ein anderes schreckliches Geräusch geweckt. Moni hatte sich auf die Rivalin gestürzt, bereit, ihre alte Position auf Leben und Tod zu verteidigen. Offensichtlich war aber auch Suleika eine Alphahündin gewesen und unterwarf sich nicht. Sie hatten sich ineinander verbissen; unter ihnen färbte sich der Fußboden bereits blutrot.

Während sich die anderen Hunde zurückhielten, wollten die Menschen natürlich schnell eingreifen. Doch wie? Das war gefährlich. Während Hans abwechselnd Suleika und Moni an Schwanz und

Hinterteil zog, rannten die drei Frauen zur Wasserpumpe, füllten eifrig Wasser in Eimer, schleppten sie ins Wohnzimmer und verpassten den kämpfenden Hündinnen eine mächtige kalte Dusche. Als die nun kurz innehielten, gelang es, sie auseinanderzuziehen und festzuhalten, damit sie nicht erneut aufeinander losgingen. Dann wurde beiden wieder gut zugeredet und nach beiden Seiten hin gestreichelt und liebkost.

Im Wohnzimmer war ein Wasserschaden die Folge, und Friede herrschte danach noch lange nicht. Suleika hatte begriffen, dass Käthes Bett für sie tabu war. Aber im Wohnzimmer gab es ja noch ein Sofa – für die Hunde ebenfalls absolute Tabuzone. Nur, auch dies wusste Suleika noch nicht. Also musste wieder Moni die Lage klären, was Suleika aber partout nicht einsehen wollte und konnte, zumal die Menschen es doch gar nicht bemerkten, wenn sie des Nachts das weiche Polster aufsuchte. So bot sie Moni immer wieder neuen Anlass, für Ordnung zu sorgen. Und wieder wurden die Menschen durch fürchterliche Kampfgeräusche geweckt. Die Aufregung war jedes Mal groß, denn es sah wirklich so aus, als wollten die beiden sich gegenseitig töten. Es dauerte eine Weile, bis die Nächte einigermaßen ruhig verliefen und schließlich und endgültig ein friedliches nächtliches Miteinander möglich wurde.

Inzwischen war Suleika längst Käthes Liebling geworden, während Elsa Monis einzigartigen Charme vorzog. Was aber niemand so richtig bedacht hatte, war, dass die drei weiblichen Tiere, nicht sterilisiert, jedes Mal ein riesiges Paarungstheater veranstalteten. Sie genossen es, doch die Menschen brachte es zur Verzweiflung. Einen Tierarzt aufzusuchen wurde nicht in Erwägung gezogen, vermutlich aus Geldmangel. Es war aber allgemein nicht üblich in diesem Land, Tierärzte zu konsultieren. Das täten nur Engländer oder Verrückte, erklärte Elsas freundlicher Nachbar.

Moni war die erste Hündin, die auf die Quinta kam. Hans und Käthe hatten bis dahin nur einen Rüden, Panschi, der Erste, bis dieser von Armando, einem Arbeiter auf dem Nachbargrundstück, getötet wurde. Die beiden Nachbarhunde hatten sich bei einem heftigen Streit an der Reviergrenze ineinander verbissen. Armando wollte seine große schwarze Bulldogge Bobby angeblich vor dem kleineren Panschi beschützen. Er ergriff ein Schlachtermesser und tötete Bobbys Rivalen mit einem Stich ins Herz. Auf *Los Pomelos* war die Trauer über Panschis Tod groß.

Die Besitzer der Nachbarquinta, Geschäftsleute aus Buenos Aires, lebten nur übers Wochenende auf der Quinta. Sie zeigten sich entsetzt über die schreckliche Tat ihres Angestellten und entschuldigten sich ausdrücklich. Armando betreute ihr Anwesen, auch ihren Hund Bobby, solange sie in der Stadt weilten. Zwischen den beiden kinderlosen Nachbarn bestand im Grunde genommen zwar ein freundschaftliches Verhältnis, trotzdem glaubte Armando, richtig gehandelt zu haben.

Anlässlich eines Besuches brachten die Nachbarn kurz darauf ein Versöhnungsgeschenk mit, einen Welpen, ganz in der Nähe geboren. Er glich Panschi. Etwa ein Sohn des Getöteten? Er wurde ebenfalls auf den Namen Panschi getauft, Panschi II., und wuchs zu einem lieben, sehr friedlichen Hund heran, der Bobby immer aus dem Weg ging. Dann stieß Moni dazu. Bobby, der Große und Starke, war gut erzogen. Nie kam er weit auf das Nachbargrundstück. Das hatte er gar nicht nötig. Monis Kinder waren trotzdem immer schwarz. Später die Jungen von Senta und Suleika – auch fast alle schwarz! Dabei war doch Panschi ein kleiner grauer Wolfshundmischling.

Diese Menschen hatten keine Erfahrung mit Hündinnen und dachten, es genüge, eine Hündin, sobald sie heiß wurde, in den unbenutzten Teil des Hühnerstalls zu sperren. Da aber hatten sie Monis Temperament unterschätzt. Die tobte wie eine Wilde, riss Tür und Umzäunung ein und stürmte, noch mit Resten des Zauns um Hals und Schultern, davon. Mehrere Tage blieb sie weg, dann kam sie zurück: was für ein Triumphzug! Im Schlepptau hatte sie die Hunde der Umgebung, große, kleine, langhaarige, lockige, schwarze, braune, weiße, mehrfarbige. Sie alle versammelten sich vorm Haus, und Panschi fuhr dazwischen wie eine Furie, sah aber bald ein, dass ein Kampf aussichtslos sein würde. Also umschmeichelte er Moni, und sie gab ihm zunächst zu verstehen, er sei der Beste. Das hielt natürlich nicht lange vor. Bald beeindruckte sie doch das Bellen und Jaulen der übrigen Meute der Verehrer und sie forderte dazu auf, um sie zu werben und notfalls zu kämpfen. Zwar griffen die Menschen ein und zerrten die Hündin ins Haus, aber zu spät. Sie waren einfach zu viele. Die Rüden ließen sich nicht mehr vertreiben. Die Menschen resignierten: Das ist eben die Natur!

So spielte sich bald vor ihren Augen ein ‚schamloses‘ Treiben ab, das sie teils amüsiert, teils widerwillig mit ansehen mussten, und das ihnen des Nachts den Schlaf raubte. Dann war es plötzlich vorbei. Moni und Panschi gaben wieder ein ruhiges, friedliches Paar ab.

Anfänglich wurden die Menschen die niedlichen jungen Hunde ja noch los, doch bald geriet ihnen das Problem mit dem Nachwuchs so groß, dass ihnen nur eine unmenschliche Lösung einfiel. Das heißt, der von ihnen gewählte Lösungsweg gegen den Geburtenüberschuss erschien ihnen ganz natürlich, denn alle, die sie kannten und befragten, hielten es damit ebenso: Sie fühlten sich allesamt als Herren über Leben und Tod der Tiere.

Jetzt hatten sie also drei Hündinnen. Und kurz zuvor waren nun zwei weitere Menschen dazugekommen, die auch von nichts Ahnung hatten. Es dauerte nicht lange, bis die erste Hündin heiß wurde, und auch ihnen der ganze Paarungszirkus vorgeführt wurde, der sich nun dreifach in die Länge zog – war eine Hündin wieder normal, ging das Theater mit der nächsten weiter. So kam es, dass selten Ruhe einkehrte zwischen den Paarungszeiten. Besonders Elsa verzweifelte, wenn sie ihre Wochenenden auf der Quinta verbrachte und keine Nacht Ruhe fand. Manchmal war es wirklich schwer, nicht zur Hundehasserin zu werden.

Was musste Elsa da nicht alles mit ansehen! Läufige Hündinnen verhalten sich nämlich schamlos. Es ist zwar die Natur, die das so will, aber jetzt konnte Elsa verstehen, weshalb in manchen Kulturkreisen „Hündin" das schlimmste Schimpfwort ist.

Die Menschen der Quinta aber liebten ihre Hunde trotzdem, und ihre Wut richtete sich nur gegen die vielen männlichen Eindringlinge, die einfach keine Ruhe gaben und sich nicht vertreiben ließen. Die drei Hündinnen verhielten sich sehr unterschiedlich. So blieb zum Beispiel Suleika immer die ‚feine Dame'; niemand beobachtete sie je bei der Paarung. Trotzdem war sie nachher trächtig wie die anderen auch und brachte eine Menge winziger schwarzer Welpen zur Welt. Senta liebte nur Panschi, ließ keinen anderen an sich heran. Immerzu drückte sie ihr Gesicht an seines, leckte ihn, und sowie er das Maul öffnete, wurde er mit einem tiefen Zungenkuss bedacht. Wegen der vielen Aufregung ob der großen Konkurrenz war er aber nicht in der Lage, Senta zu erhören, so sehr sie sich ihm auch darbot. Er weinte laut und verzweifelt. Elsa, die das nicht mit ansehen und anhören konnte, streichelte ihn tröstend. Da presste er seinen Kopf an ihre Knie, und sie spürte, dass ihre Hosenbeine nass wurden.

Am Schlimmsten aber trieb es Moni. Die war so richtig in ihrem Element – immer wieder mischte sie die Meute an Verehrern auf, wenn diese müde und träge wurde. Zwischendurch lief sie auch immer wieder zu ihren Menschen, um ihnen zu zeigen, wie glücklich sie dieser ganze Zirkus machte. Dabei hatte sie ein so liebes ausdrucksstarkes Gesichtchen, dass ihr niemand ernsthaft böse sein konnte.

Eines Tages dann, ganz plötzlich, waren Trubel und Aufregung vorbei. Die Stille fast schon beängstigend. Eines muss zur Ehrenrettung der Tiere noch gesagt werden: Ihre Pflichten haben sie nie vernachlässigt. Näherte sich ein fremdes Wesen, egal ob Mensch oder Tier, dem Anwesen, stellten sie sich ihm entgegen und zeigten den Eindringlich durch lautes Bellen an. Alle anwesenden Hunde fielen in dieses Geheul mit ein, und das hörte sich dann wahrhaftig abschreckend an.

Jetzt kehrte Friede ein. Selbst die beiden Rivalinnen schienen ihren Streit vergessen zu haben. Was Elsa zunächst nicht wissen konnte, wenn sie wieder einmal an den Wochenenden auf der Quinta ankam: Für die Hündinnen war es eine Zeit der Erwartung.

„Die sind ja alle trächtig", stellte sie eines Tages fest. „Und was macht ihr nun?"

Resigniertes Achselzucken war die Antwort. Einige Zeit darauf, Elsa war in der Stadt längere Zeit abgelenkt gewesen und hatte nicht auf die Quinta kommen können, fiel ihr die neuerliche Schlankheit der Hündinnen auf.

„Wo sind die Neugeborenen? Was habt ihr mit den Jungen gemacht?" Die Verwandten wollten nicht mit der Sprache heraus. Als Elsa darauf bestand, die volle Wahrheit zu erfahren, erklärten sie, dass sie eigentlich beschlossen hätten, sie da rauszuhalten, aber … auf eigene Gefahr, wenn sie es unbedingt wissen wolle: „Sie wurden alle getötet." „Wie?" „Unmittelbar nach der Geburt, mit dem Spaten." „Erschlagen?" „Nein, geköpft."

Vor Entsetzen verstummte Elsa. Die Verwandten hatten jetzt das große Bedürfnis, sich zu rechtfertigen: Die Hündinnen bekämen zwei- bis dreimal im Jahr Junge und zwar meistens zwischen sechs und zwölf Stück; Senta habe dieses Mal sogar sechzehn Junge bekommen. Wenn sie diese Winzlinge sofort bei der Geburt von der Mutter entfernten, leide diese auch nicht sehr. Außerdem machten es hier alle Hundebesitzer so. Manche seien viel brutaler als sie.

Dass die Hündinnen nicht leiden würden, war natürlich nur ein frommer Wunsch. Die wussten genau, was geschehen war, nur brachten sie das Unglück nicht mit ihren geliebten Menschen in Zusammenhang. Aber sie kannten sogar den Hinrichtungsplatz; Moni grub dort einmal den Kopf eines ihrer toten Kinder aus und legte ihn sich an ihre Zitzen, als könnte sie es wiederbeleben. Von wegen, sie würden nicht leiden! Dies zu behaupten stimmte nur insofern, dass nach verhältnismäßig kurzer Zeit das fröhliche Hundeleben seinen Fortgang nahm.

Moni schloss sich besonders eng ihren Menschen an, ließ sie keinen Augenblick allein. Nur wenn alle die Quinta verlassen hatten, bildete sie notgedrungen mit den anderen ein wehrhaftes Rudel. Arbeiteten mehrere Leute oder auch nur ein Mensch für sich allein in dem umzäunten Gemüsegarten – für die Hunde tabu –, regte sie das furchtbar auf. Dann rannte sie den Zaun entlang und brachte ihren Unmut zum Ausdruck. Ja, sie konnte regelrecht sprechen. Erstaunlich, wie sie die menschliche Sprache lautmalend imitieren konnte; ihre Menschen jedenfalls verstanden sie immer. Hielt sich Elsa auf der Quinta auf, genoss sie die Anhänglichkeit der Hündin ganz besonders. Sie liebte und verstand Moni so innig, dass sie noch als alte Frau von ihr träumte.

Senta, eine Tochter Monis und Panschis, war seinerzeit nur am Leben gelassen worden, weil die Nachbarn sich für ihren Bobby eine Partnerin wünschten. Als Moni ihre Tochter nicht mehr säugte, wurde Senta den Nachbarn übergeben. Das Paar nahm sie liebevoll auf und verwöhnte sie. Senta fühlte sich sehr wohl dort, bis ihre neue Herrschaft den Urlaub beendete und Senta mit Armando und Bobby allein bleiben sollte. Da zog sie es vor, durch den Zaun zu kriechen und zu ihrer alten Familie zurückzukehren. Wenn die Geschäftsleute zwei oder drei Tage an den Wochenenden auf ihrem Landsitz verbrachten, tauchte auch Senta wieder bei ihnen auf, als wäre sie nie fort gewesen.

So führte sie ein Doppelleben, und die Menschen, außer Armando vielleicht, amüsierten sich über die listige Hündin. Moni aber fand das Verhalten ihrer Tochter ganz und gar unmoralisch, weshalb sie laut knurrte, sobald sich Senta der Grundstücksgrenze auch nur näherte. Dann fletschte Moni die Zähne, ihre Haare sträubten sich, ein fürwahr furchterregender Anblick – jedenfalls für Senta. Also schmiss sie sich schon am Zaun auf den Bauch. Es blieb ihr nichts anderes übrig, als bäuchlings über den steinigen Weg bis zu ihrer Mutter zu kriechen. Mit leisem Jammern schob sie ihre Schnauze unter deren Kinn, bis die ihr verzeihend das Gesicht leckte. Schon war sie wieder in ihrer alten Familie aufgenommen – bis zum nächsten Wochenende, wenn sie erneut zur Nachbarsfamilie verschwand, um Sonntagabend, spätestens Montagmorgen zurückzukommen und bei ihrer Mutter um Verzeihung zu betteln, um wieder aufgenommen zu werden. So genoss sie die Zuneigung beider Familien. Panschi hat ihr dieses Verhalten nie übel genommen, und Bobby war dem Augenschein nach auch der Vater der meisten ihrer Kinder.

Bemerkenswert war da noch diese ungewöhnliche Ruhe, die Elsa einige Male an Sommerurlaubstagen auf der Quinta verwunderte. Die Hunde hatten jedes Mal nur kurz den Kopf gehoben und einen knappen Begrüßungslaut von sich gegeben. Ihre Frage, was denn los sei, wurde mit dem Hinweis auf ein Manöver auf dem größten Militärgelände des Landes, dem Campo de Mayo, beantwortet.

Für Menschenohren war absolut nichts zu hören, die Tiere aber nahmen die Erschütterungen des Bodens über viele Kilometer hinweg wahr und hörten den Geschützdonner. Die so tapferen Bewacher und Verteidiger ihres Territoriums verwandelten sich in diesem Fall in ein Häufchen elender Feiglinge, mit eingeklemmtem Schwanz flach auf den Boden gepresst. Verteidigungs- und Paarungstrieb schienen eingestellt. Woher nur rührte diese übergroße Angst? Es war wohl Moni gewesen, die irgendwelche schlechten Erfahrungen mit den Geräuschen von Schusswaffen gemacht und sie nun an alle anderen Hunde des Rudels weitergegeben hatte. Selbst Suleika zitterte und schwitzte.

Diese Hunde wären ja niemals jagd- oder kriegstauglich gewesen.

Zum Glück wusste wohl außer der Familie niemand von diesem besonderen Handicap der hündischen Bewachertruppe, und die Übungen auf dem Militärgelände dauerten nie lange. Hinterher kehrten Appetit und Lebenswille umso heftiger zurück und alle anderen Gewohnheiten und Unarten wurden wieder aufgenommen.

Wenn im November der Faschingsumzug der Kinder aus dem nahe gelegenen Kinderheim auch an der Quinta Halt machte, stürzte sich zunächst eine wütende Hundemeute auf all die Prinzessinnen und Cowboys, sodass die erschreckt am Tor stehen blieben. Durften die Kinder dann aber ihre Spielzeugpistolen ziehen und damit mutig in die Luft knallen, verkrochen sich die sonst wie wilde Köter sich Gebärdenden winselnd – und die Kinder zogen stolz als Sieger in den Hof ein.

Höhepunkte im Hundeleben waren zweifellos die Ausfahrten mit einem ihrer Menschen. Das fing immer mit dem Suchen nach Rubia an. Die Stute graste meist unweit des Hauses irgendwo im Gelände. Rasch hatten die Hunde sie aufgespürt, bemerkte sie aber die Absicht des Menschen, sie anzuspannen, setzte sie sich in Trab. Dann war es schwer, sie einzufangen. Selbst die sie bellend umkreisenden Hunde machten ihr nichts aus. Fröhlich galoppierte sie davon. Ja, das war ein Spiel! Mensch und Tier genossen es, eine Weile ihre Intelligenz und ihre Kräfte zu messen. Irgendwann musste aber Schluss sein damit. Das sah das kluge Pferdchen dann auch ein, ließ sich wohlig streicheln, loben, das Zaumzeug anlegen und vor den Sulky spannen. Jetzt stellte sich für die atemlose Bande wohl die bange Frage: *Dürfen die Hunde mit?*

Hatte Elsa frei, stellten die vier Menschen schon am Frühstückstisch einen Plan auf, was alles zu erledigen sei und wer was übernehmen könnte und wollte. War dies geklärt, wurde die Route festgelegt und entschieden, ob die Hunde auf die Tour mitgenommen werden könnten. Das hing davon ab, wer das Gespann lenken würde. Isolde zum Beispiel wollte sich damit nicht belasten. Elsa aber, zwar ebenso unerfahren, traute sich das sofort zu und nahm auch gern die Hunde mit. Auf ging's zum Einkaufen in die Stadt! Jedes Mal ein aufregendes Abenteuer.

Noch wussten die Hunde nicht, ob sie diesmal mit durften oder nicht. Sie ließen die Köpfe hängen, schwiegen erwartungsvoll und versuchten in den Mienen der Menschen zu lesen. Dann der erlösende Satz vom ‚Herrchen‘: „Die Hunde dürfen mit!"

Die brachen daraufhin in ohrenbetäubendes Freudengeheul aus und begannen eine wilde Balgerei. Moni schnappte sich ein Stöckchen. Die Hunde begannen ein Spiel – das die Menschen „Gib schon" nannten und bei allen freudigen Anlässen zelebrierten –, in das sie auch die Menschen gern mit einbezogen. Das gelang ihnen auch jetzt wieder, und die Abfahrt verzögerte sich, bis Elsa ungeduldig wurde. Sie knallte mit der Peitsche, worauf sich die ‚Karawane‘ in Bewegung setzte.

Die Tiere waren kein bisschen erschöpft, sondern in bester Laune. Rubia zog den leichten Karren nicht mehr widerwillig, sondern freudig, und das Rudel ordnete sich hinter dem Gefährt in einer Viererreihe ein. Rubia kannte den Weg. An der ersten Abzweigung zögerte sie ein wenig: *Geht es jetzt nach rechts zur Schlachterei oder nach links ins Städtchen?* Ein leichtes Ziehen an ihrer Leine signalisierte:

Wir fahren Richtung Stadt! Die Hunde registrierten es mit Freude, denn obwohl es nach rechts zu ihrem Fleischlieferanten gegangen wäre, war doch der Weg in die City viel interessanter. Sie kannten die Strecke – ebenso wie all die Hunde, die zu den Anwesen gehörten, an denen sie vorüberfuhren – in- und auswendig.

War es freudige Begrüßung, waren es Drohgebärden? Elsa verstand die Hundesprache nicht, Panschi aber wusste genau, wann es für ihn gefährlich werden konnte. Dann tänzelte er vor Rubia her, dass sie ihren Lauf verlangsamen musste und Elsa schließlich anhielt, um den feigen Verteidiger seiner Weiber aufsteigen zu lassen. Da saß er nun auf dem Kutschbock neben ihr und bellte im Vorüberfahren tapfer hinunter auf all die Kläffer, die größer waren als er und sich hinaufreckten, um ihn zu zerfleischen, ihn aber nicht erreichen konnten. Die Weibchen hinter dem Gefährt schien das alles nichts anzugehen.

Im Zentrum der Stadt begehrte Panschi wieder abzusteigen. Er wusste, hier gibt es keine frei laufenden Rivalen. Auf dem Rückweg wiederholte sich das Schauspiel dann noch einmal.

∗∗∗

Als die alte Elsa an diesem Morgen erwacht, fühlt sie sich erstaunlich wohl. Ein schöner Traum war das gewesen! Sie hatte auf dem Kutschbock gesessen, Moni neben sich. Das Hufgetrappel klang ihr noch im Ohr, und sie spürte das zärtliche Anschmiegen eines weichen Felles. Nach solchen Träumen stand sie immer gut gelaunt auf.

Überhaupt, das Träumen! Schon als Kind – lag sie abends lang wach, weil Kummer sie am Einschlafen hinderte – begann sie zu grübeln, woher die Träume eigentlich kommen. *Entstehen sie in meinem Kopf? Oder kommen sie aus einer Geisterwelt, in die ich nach dem Einschlafen eintauche?* Um das zu erforschen, begann sie sich damals am Einschlafen zu hindern. Immer, wenn ihr das Bewusstsein zu schwinden drohte, riss sie sich in den Wachzustand zurück, um dieses eigenartige Gefühl zwischen Schwinden des Denkvermögens und Abgleiten ins Unbewusste zu erhalten und zu genießen.

Allmählich versank sie dabei in eine rauschhaft benommene Stimmung, in der sie sich stundenlang mit den bunten Bildern beschäftigte, die hinter ihren geschlossenen Augen kamen und gingen. Sie nahm wahr, wie diese aus bunten Lichtreflexen auf ihrer Netzhaut entstanden und die Fantasie daraus sogleich Gestalten formte. Aber die tiefen Träume der Nacht spielten sich doch offenbar ganz woanders ab, nämlich in dem Land ohne Raum und Zeit.

Ihre Eltern waren wissenschaftlich eingestellte Realisten gewesen; jetzt aber, bei den Pflegeeltern, lernte sie eine ganz andere Welt kennen, eine Welt voller Märchen und fantastischer Geschichten. Zwar hatte sie schon vorher von Engeln und Wundern gehört, doch wurden die von den Eltern stets als Gestalten aus der Traumwelt entzaubert. Hier wurden sie als Wirklichkeit behandelt. Sie wollte gern wissen, was stimmte nun eigentlich? Auch um die Wahrheit herauszufinden, begann sie damals ihre Traumforschung. Und jetzt, als mittlerweile alte Frau, betreibt sie diese Forschung wieder intensiv. Zwar spielen Erlebnisse mit Tieren in ihren Träumen eigentlich eine Nebenrolle, jedoch fragt sie sich: *Warum nur träume ich so oft davon, meine Tiere, meist Kätzchen oder kleine schwarze Hunde, retten zu müssen?*

Ihre ironische Erklärung: *Weil Leben zu retten sich so gut anfühlt.*

In jungen Jahren hatte sie die ganze Welt retten wollen. Übrig geblieben sind diese harmlosen Kinderträume, die immer gut enden. Das sind Wohlfühlträume, stellt sie fest und glaubt, ihr hohes Alter rechtfertige, dass sie ihre schönen Träume genießt. Im Wachzustand, beim Spazierengehen, frischt sie ihre Erinnerungen auf, aus denen sich diese Träume speisen.

Niemals wieder hat sie später die Natur und ihre Geschöpfe so intensiv erlebt wie damals in Argentinien, aber die Erinnerung daran erwärmt ihr das Herz und tröstet sie ein wenig über den Verlust ihres letzten Haustieres hinweg.

Heute Nacht hatte sie also von Moni geträumt und auch von Rubia, dem einzigen Pferd ihres Lebens, das sie näher kennengelernt hat.

Rubia – die blonde Stute

Rubia war auch ein Streicheltier. Nur der Geruch ein anderer als bei Hunden, die Größe natürlich auch. Als Elsa Rubia kennenlernte, dachte sie sofort ans Reiten. Ungeübt schwang sie sich auf den Rücken des Tieres. Das hielt brav still, stand wie angewurzelt und war nicht zu bewegen, auch nur einen Schritt zu tun. *Das ist ein Karrengaul, der lässt sich nicht reiten*, wurde Elsa belehrt. Rubia spitzte die Ohren, als verstünde sie jedes Wort. Sie genoss das sanfte Streicheln und ließ sich den Hals klopfen. Elsa verliebte sich sogleich in sie.

Ein schönes Pferd – fuchsfarben, mit blonder Mähne und hellen Wimpern. War Rubia nun ein kleines Pferd oder aber ein großes Pony? So recht hat Elsa das nie herausbekommen. Auf jeden Fall war sie weiblich, eine Stute also. Sie liebte ihre Menschen und andere Pferde. Ihre Weide war die ganze Quinta, mit Ausnahme des Gemüsegartens. Ihre Menschen dachten ihr etwas Gutes zu tun, wenn sie immer mal wieder für ein paar Stunden Perla, den Karrengaul der Nachbarn, mit auf ihrem Grundstück weiden ließen. Die beiden Stuten begrüßten sich dann jedes Mal mit lautem Wiehern. [Abb. Rubia]

Perla, ebenfalls sehr zahm, war längst nicht so anschmiegsam und liebenswürdig wie Rubia. Vor Perla musste man sogar auf der Hut sein, weil sie nach den Menschen schnappte oder trat. Elsa konnte ihr das nicht übel nehmen, denn sie vermutete, dass Perla schlechte Erfahrungen gemacht hatte. Aber als sie dann beobachtete, wie Perla Rubia nur so aus schlechter Laune heraus kräftig ins Hinterteil biss und nach ihr trat, war sie doch sehr enttäuscht. Man durfte die beiden Stuten nicht unbeaufsichtigt allein lassen; Perla war wirklich ein falsches Biest. Mit ein bisschen Verstand für das Verhalten von Pferden sah man ihr schon an, wenn sie wieder eine Attacke vorhatte.

Sie wurde nicht so geliebt und verwöhnt wie Rubia. Die aber erregte überall Aufmerksamkeit, wurde angesprochen und gestreichelt. Perla dürfte regelmäßig eifersüchtig gewesen sein. Zwar versuchte Elsa auch mit Perla Freundschaft zu schließen, die aber machte es ihr ziemlich schwer; Elsa hätte sich nie zugetraut, sie jemals anzuspannen und mit ihr auszufahren.

Rubia dagegen litt jedes Mal, wenn sie wieder von Perla getrennt wurde; aber im Sommer, in der trockenen Jahreszeit, hatte sie ja Gelegenheit, mit anderen Pferden zusammenzukommen. In der Hitze trockneten Pfützen und Bäche aus, und die Tiere in den frei lebenden Herden litten Durst. Sie rochen die Wasserstelle hinterm Haus und versammelten sich vor dem geschlossenen Tor zur Quinta. Rubia begrüßte sie mit lautem Wiehern. Elsa öffnete die Barriere … und die Herde von zehn oder gar fünfzehn Tieren stürmte mit stampfenden Hufen herein. Ohne Umwege fanden sie das stets bis an den Rand gefüllte Bassin – und hatten sie es leer getrunken, pumpte Elsa oder jemand anders es wieder voll. Manchmal waren Fohlen darunter oder eine ganz alte, ausgemergelte Mähre, niemals Hengste. Die Herde verhielt sich scheu und fluchtbereit. So schnell sie gekommen war, verschwand sie wieder. Rubia machte keine Anstalten, ihr zu folgen; sie schaute nur traurig eine Weile ihren Artgenossen hinterher.

Der Onkel besaß ein Fahrrad; ansonsten jedoch war Rubia mit dem Sulky das einzige Verkehrsmittel ins entfernte Städtchen. Inzwischen zwar schon etwas betagt, lief sie aber, einmal vor den leichten Wagen gespannt, gut gelaunt im Trab. Offenbar hatte sie Freude an der Bewegung. In ihrer Jugend soll sie sehr wild und kaum zu bändigen gewesen sein. Käthe hatte damals eine Stelle als Lehrerin in Buenos Aires. Jeden Morgen brachte Hans sie im Sulky zum Bahnhof im Städtchen.

Noch heute erzählen sie gern davon, wie Rubia im Galopp bis dorthin raste, wo ihr erst ein energisches Ziehen am Zügel Halt gebot. Zwar wollten die beiden jedes Mal direkt am Eingang zum Bahnhof anhalten, Rubia aber sah das nicht ein. Sie kam nicht zum Stehen, wurde aber langsamer, sodass es Käthe gelang, abzusteigen. Fröhlich galoppierend ließ sich Rubia um den Bahnhofsvorplatz lenken, eine Parkanlage mit Bäumen und Bänken. Den Schaulustigen bot sich ein unterhaltsames Schauspiel: ein Sulky mit einem Pferdchen davor mehrmals um den Platz ratternd mit einem Wagenlenker, dem es nur gelang, jeweils vor dem Bahnhofseingang Pferd und Gefährt abzubremsen, um seiner Frau nacheinander die einzelnen Gepäckstücke zuzuwerfen, die sie schließlich in die Stadt mitnehmen wollte. Das waren, abgesehen von den Schulbüchern und Heften, oft auch Spankisten mit Obst, Gemüse und Eiern, die in der Stadt verkauft werden sollten. Angeblich ist nie etwas zu Bruch gegangen, und Rubia wurde sogar noch gelobt.

Auch jetzt hatte sie noch ihren eigenen Kopf. Sie merkte sich jeden Halt und jeden Weg, den sie einmal gelaufen war. Offenbar dachte sie mit, fragte sich wohl, was der Mensch vorhabe und wohin es gehen sollte. Mittels der Leine kommunizierten Kutscherin und Pferd ununterbrochen während der Fahrt. Elsa hat diese Sprache schnell gelernt. Hin und wieder musste sie ihren Willen allerdings stur durchsetzen, weil die Stute nicht einsah, dass Elsa sich manchmal auch anders verhielt als ihre alte Herrschaft zuvor. Hatte sie aber verstanden, dass auch Elsa sich durchzusetzen wusste, war Rubia lieb und zahm; offenbar schätzte sie Autorität.

Nur in ganz seltenen Fällen musste Elsa absteigen und sie beruhigen, weil scheinbar irgendwo ganz schreckliche Gefahren lauerten. Da hatte Elsa sie zum Beispiel gerade an einen Baum gebunden und wollte im Bahnhof daneben etwas erledigen, als eine ankommende Lokomotive einen schrecklich hohen Pfeifton ausstieß. Rubia erschrak so fürchterlich, dass sie sich aufbäumte, was Elsa bisher nur von Zirkuspferden kannte. Wenn ein Pferd vor einem zweirädrigen Karren aber auf die Vorderbeine steigt, dann kippt der nach hinten, schleift auf der Erde, dass es knirscht, und wird abgebremst, was das Tier noch mehr erschreckt. Ebenfalls sehr erschrocken rannte Elsa zu ihrem Pferd und tat instinktiv das Richtige. Sie umschlang Rubia, kuschelte sich an ihren Hals und redete beruhigend auf sie ein.

Offenbar hatte Rubia schon so viel Vertrauen zu Elsa gefasst, dass sie sich sofort beruhigte. Inzwischen war allerdings auch die gefährlich fauchende Lok abgezischt. Ein paar junge Männer, die die Szene beobachtet hatten, lachten schadenfroh. Das trübte aber Elsas stolze Freude nicht. Sollten sie doch besser auch so sanft handeln, statt in solchen und vergleichbaren Situationen brutal zu reagieren. Der dichte Verkehr in der Stadt dagegen störte Rubia in keiner Weise. Lediglich der Wagenlenkerin war es die ersten Male ziemlich mulmig geworden, wenn sie sich in den Verkehrsstrom einordnen musste und dabei von oben auf die Dächer der Personenwagen herabblickte, aber dank Rubias Souveränität hatte sie diese Situation bald gemeistert.

Gauchos heißen die stolzen berittenen Rinderhirten, die auf dem Land überall anzutreffen waren. Wahrscheinlich behandelten sie ihre Pferde im Allgemeinen gut, wenn aber eine junge Frau zuschaute, glaubten sie, ihre Männlichkeit durch Brutalität beweisen zu müssen.

Hatte die Regenzeit die unbefestigten Wege in Schlammpisten verwandelt, blieben die leichten Sulkys oft in den ausgefahrenen Reifenspuren und Löchern stecken. Dann hörte man bis in die Quinta das laute Schimpfen und Schreien der Männer und das Peitschenknallen. Immer wieder veranlassten sie ihre Pferde, den Wagen ruckartig anzuziehen, aber anstatt herauszukommen, gruben sich die Räder nur noch tiefer in den Schlamm.

Kluge Karrenlenker hatten immer ein paar alte Säcke zur Hand, die man in einem solchen Fall unter die Räder legen und dank ihrer den Karren wieder aus dem Dreck ziehen konnte. Wollten die jungen Männer aber richtige Gauchos sein, ließen sie sich von Frauen und Ausländern nicht belehren; und so war es für ein paar Buben aus der Gegend ein lukratives Geschäft, mit dieser Methode immer wieder stecken gebliebene Pferdekarren aus dem Dreck zu ziehen. Zwei- oder dreimal demonstrierte auch Elsa den jungen Männern ihre sanfte weibliche Art des Umgangs mit Tieren und hatte damit einen gewissen Erfolg. Allerdings wohl auch, weil sie nie auftrumpfte, sondern immer respektvoll den Machos den Vortritt ließ.

Wenn ein Pferd gut sichtbar unbeweglich und mit ausgestreckten Beinen am Wegesrand lag, erschrak Rubia fürchterlich. Pferde, die länger allein, ohne Aufsicht und ohne Auslaufmöglichkeit auf der eingezäunten Weide standen und grasten, verendeten oft an Koliken, was für die Besitzer immer einen großen Verlust bedeutete. Manchmal fanden sie das Tier ja noch, bevor es verendet war, doch schaute Elsa dann lieber nicht zu, wie sie es wieder auf die Beine zu bringen versuchten und – gelang dies – im Kreis herum trieben, damit die Luft aus den Gedärmen entweichen konnte. Das sah für Elsas Geschmack zu gewalttätig aus, stellte aber vermutlich das einzige Mittel zur Rettung dar.

Wurde ein solcher Gaul, der nicht mehr aufstehen konnte, von Rubia gesichtet, bockte sie. Das heißt, sie blieb wie angewurzelt stehen; wollte man sie dann doch weiter antreiben, ging sie rückwärts und fuhr den Karren in den Graben, aus dem er sehr schwer wieder herauszubekommen war. Oder sie hob gleich einem Zirkuspferd die Vorderhufe in die Höhe und wieherte laut – schön anzusehen, aber nicht ungefährlich.

Als Elsa diese Erfahrung ein paarmal gemacht hatte, wusste sie, wie sie sich zu verhalten hatte. Sie passte auf, dass sie das liegende Pferd beizeiten entdeckte, noch vor Rubia. Dann stieg sie kurz davor ab, und waren die vier Hunde dabei, mussten die erst einmal zur Ruhe kommandiert werden. Sie sprach dann beruhigend auf Rubia ein, hielt ihr die Augen zu und führte sie am Zügel an der vermeintlichen Gefahrenstelle vorbei. Gauchos pflegten in der gleichen Situation ihren Pferden die Sporen zu geben, sodass diese an den Gefahrenstellen vorbeipreschten.

Einmal ritten fünf Gauchos gemächlich vor Elsa dahin und beanspruchten die gesamte Straßenbreite. Sie lachten, unterhielten sich und machten keinerlei Anstalten, das leichte Gefährt mit dem kleinen

Pferdchen hinter ihnen vorbeizulassen. Auf Rufe reagierten die nicht; vielmehr wurden sie nur noch langsamer und ihr Lachen lauter. Als nach der Stadtgrenze die nicht gepflasterte sandige Landstraße begann, verlor Elsa die Geduld. Sie besann sich auf die kleinen Steinchen, die sie neben sich liegen hatte, um eventuelle Angreifer Panschis abzuschrecken, und warf gezielt ein paar davon nach den vor ihr schaukelnden runden Hinterteilen der schön geschmückten Gauchopferde. Tatsächlich traf sie auch eines. Das bäumte sich vor Schreck auf und schmiss seinen Reiter ab. Elsa konnte endlich vorbei. Da lag er nun neben ihr im Staub, die andern hielten an. Sie grüßte höflich und blickte unschuldig. Die Männer hatten keine Ahnung, warum das gerade geschehen war. Sie blickten betreten, grüßten aber freundlich zurück.

✿✿✿

Elsa fallen viele heitere Erlebnisse ein, die traurige Menschen trösten könnten. Sie sollte wirklich versuchen, ein Buch darüber zu schreiben. Es würde auch ihr gut tun, ihre Erinnerungen festzuhalten. Wenn der Winter erst einmal die Lust auf Spaziergänge in der Wildnis dämpft, wird sie es genießen, keinen Hund mehr ausführen zu müssen, und mit dem Schreiben beginnen können.

Noch aber ist das Herbstwetter verlockend. In der Nacht hat es heftig geregnet, inzwischen aber kommt die Sonne wieder heraus. Elsa hat ihre Gummistiefel und die alte Windjacke angezogen und stapft durch den Matsch und kriecht durchs Gebüsch wie in alten Zeiten zusammen mit Tessy.

Das winzige Stück Wildnis, das hier den Großstädtern ein Stück unberührte Natur vorgaukeln soll, ist für sie fast ein Witz, und doch liebt sie es. Es kann ihr die argentinische Weite nicht ersetzen, regt aber zu Vergleichen und Überlegungen an über die Unterschiede der Natur, der Menschen und Tiere hier wie dort. Mit Tessy hatte sie das ganze Gelände, jeden Baum, jedes Gebüsch und Gestrüpp erkundet. Sie kannten alle schönen Plätze.

Die Brombeeren sind jetzt reif und süß. Viele Beerenpflücker sind unterwegs. Sie haben verschiedenartige Gefäße dabei, um sie mit Beeren zu füllen; und manche schleppen seltsame Gerätschaften mit, um damit auch an die höchsten Spitzen der Brombeerranken zu gelangen, wo ja bekanntlich die Früchte am süßesten sind.

Elsa muss lachen. Würde sie jemand fragen, könnte sie die schönsten Plätze mit den dicksten Beeren verraten, die sonst kaum jemand kennt. Sie hatte zu Zeiten der Beerenreife viele in den Mund gesteckt, nie aber in Gefäßen gesammelt. Sie hatte sich richtig satt gegessen und war blau verschmiert heimgekehrt. Dieses Jahr hat sie keine Lust dazu; der Kummer würgt ihr die Kehle fast zu.

Mit Tessy war sie auch auf die Schlafplätze von Obdachlosen gestoßen. Sie beide kannten die Piratennester und -ausgucke und die Fallen, die Kinder auf ihren Schleichwegen angelegt hatten. Sie entdeckten auch andere Geheimnisse, zum Beispiel, dass in einem Gebüsch jemand ein richtiges Grab ausgehoben, dann aber offen gelassen hatte. Ganz abgesehen von den vielen kleineren oder größeren Gegenständen, die in der Wildnis deponiert, entsorgt oder verloren wurden. War es nicht gerade so etwas wie ein altes Fahrrad oder Ähnliches, konnte Elsa die Gegenstände jeweils zu einem der Papierkörbe am Rand der Wildnis bringen.

Zweimal im Jahr veranstalteten Anwohner der Wildnis eine Müll-sammelaktion. Hätten sie sich nicht für dieses einzigartige Stück Na-tur in ihrer Nachbarschaft verantwortlich gefühlt, wäre das Natur-schutzgebiet im Raum einer Großstadt wohl bald zur Müllkippe verkommen. Sie waren es auch, die von Anfang an durchsetzten, dass im Wildnisteil des Sinai-Parks die Natur sich ungestört entfalten darf, möglichst keine Bäume gefällt werden und frei laufende Hunde keine bodenbrütenden Vögel stören oder die kleinen Wildtiere jagen.

Die meisten Spaziergänger, auch diejenigen, die täglich hier ihre Hunde ausführen, benutzen die Papierkörbe im Park. Aber ohne die Freunde der Wildnis wäre das Naturschutzgebiet wohl schon längst keines mehr.

❋❋❋

Jetzt, als Elsa sinnierend ganz allein, verlassen von ihrer vierbeinigen Freundin, durch die Gegend stromert, fallen ihr oftmals auch traurige Begebenheiten ein. Wie ging doch damals die Geschichte mit Rubia aus? Sie hatte Rubias Ende nicht mehr miterlebt, konnte sich aber denken, dass das Pferd nicht mehr allzu lange leben würde, als sie sich für immer von ihm verabschiedete.

In Argentinien war Elsa oft Zeugin des langwierigen Sterbens von Pferden geworden, die scheinbar niemandem gehörten. Ob dies auch qualvoll für die Tiere war, konnte sie schwer beurteilen. Ein Nachbar hatte sich einmal einen alten ausgemergelten Gaul angeschafft, ihn wahrscheinlich kostenlos bekommen. Über die Sommerferien betrieb er ein Kinderheim und besaß jetzt also zu seinem eigenen Gebrauchs-pferd noch ein zweites für die Kinder zum Reiten. Diese klapprige

Mähre stand mit gesenktem Kopf da, ließ sich apathisch den Sattel auf den knochigen Rücken schnallen und auch sonst alles mit sich geschehen.

Elsa tat das Tier leid. Sie konnte sich dann aber davon überzeugen, dass es wohl über die Gesellschaft des anderen Pferdes und der Menschen ganz froh war. Offenbar gefielen ihm diese lauten, quirligen kleinen Menschen sogar. Die meisten der Großstadtkinder hatten mächtig Respekt vor Pferden. Dieses aber wirkte so sanft und lahm, dass selbst das ängstlichste Kind sich eine Runde lang auf seinem Rücken führen ließ.

Dann, eines Morgens, lag das arme Tier auf der Weide hinterm Haus und war mausetot. Der Nachbar rief seine Söhne, und noch ehe die Kinder wach wurden, begruben sie es – haben einfach neben seinem Körper die Erde abgetragen und ein tiefes Loch gebuddelt, bis der tote Körper an den Rand geschoben werden konnte und hineinplumpste. Diese Mähre hatte ein gnädiges Schicksal; meist stehen die alten Pferde eines Tages nicht mehr auf und es dauert sehr lange, bis sie verenden.

Auch Rubia konnte eines Tages nicht mehr aufstehen, schrieb der Onkel an Elsa. Für solche Zwecke hatte er eine Pistole. Er habe sich lange von ihr verabschiedet, bevor er sie erschoss, schrieb er. Er hatte Rubia sehr geliebt, und Elsa kann sich vorstellen, dass es ihm bestimmt schwergefallen ist.

✳✳✳

Jetzt nimmt Elsa die Erinnerung an diese Geschichte zum Anlass, einmal wieder aus vollem Herzen ihren Tränen freien Lauf zu lassen. Sie seufzt und beugt sich über die Tasten ihres Schreibgerätes, um zu beginnen, ihre Gefühle in Worte zu fassen. Ob es ihr jemals gelingen wird, Tiergeschichten zu schreiben, die trösten?

Die vier Katzen

En la Casa de la Quinta „Los Pomelos" – im Haus des Gutes „Die Pampelmusen" – waren alle Lebewesen jetzt vierfach vertreten: vier Menschen, vier Hunde, vier Katzen und vier Hühner, außer Acht gelassen natürlich die Mäuse, Kröten und Insekten, die noch zahlreicher waren. Selbst jede der vier Hennen hatte einen Namen, und jede war handzahm. Manchmal, aus welchem Grund auch immer, zogen sie es plötzlich vor, auf den unteren Ästen der Bäume zu nächtigen. Das schien den Menschen zu gefährlich, und sie hoben das schlaftrunkene Federvieh einzeln von den Zweigen und trugen es in den Hühnerstall. Den Hühnern schien das zu gefallen. Sie kuschelten sich in die Arme des Menschen und gaben wohlige Laute von sich.

Die dicken Kröten suchten in den heißen, trockenen Sommerwochen oftmals Zuflucht in den kühlen, abgedunkelten Räumen, und die Mäuse fürchteten die Katzen nicht. Ein niedliches Mäuschen fraß zum Beispiel einmal seelenruhig die auf dem Nachttisch stehende Kerze. Elsa war durch das Knabbern geweckt worden und beobachtete nun mit halb geschlossenen Lidern das Tierchen, das sie seinerseits völlig unbefangen mit seinen kleinen Knopfaugen betrachtete. Diese Frechheit wurde den Mäusen natürlich oft zum Verhängnis, aber die Natur sorgt ja dafür, dass es immer genug von ihrer Sorte gibt.

Die Katzen waren echte Persönlichkeiten, und jede hatte ihr – manchmal auch tragisches – Schicksal. Ähnlich wie Moni bei den Hunden nahm auch hier ein altes weibliches Tier die Rolle der Stammmutter der gesamten Sippe ein, der sich die anderen zwanglos unterordneten.

Mauserchen hieß diese alte Katzendame. Sie beteiligte sich natürlich genauso an dem Fortpflanzungszirkus der Katzen wie all die anderen, bekam aber höchsten noch ein Junges oder zwei pro Saison. Neben dem lauten Spektakel der Hunde fielen die Liebesspiele der Katzen fast gar nicht mehr ins Gewicht.

Neben Mauserchen gab es noch deren Tochter Peggy, einen uralten roten Kater namens Pümme sowie den jungen schwarzen Kater Teifi. Pümme war inzwischen so alt, dass er diesen Rivalen nicht mehr vertreiben konnte oder mochte. Die anderen hatte er immer in die Wildnis gejagt, sehr zum Kummer von Käthe, die den einen oder anderen so ins Herz geschlossen hatte, dass sie ihn gern behalten hätte, aber gegen Pümme kam sie nicht an. Um den letzten, Kay, hatte sie regelrecht gekämpft, und wenn er in der Ferne laut rufend wieder auftauchte, versuchte sie ihn mit sanften Worten und Futter anzulocken. Aber er traute sich nicht näher heran, verwilderte und verschwand schließlich für immer.

Peggy war fast noch ein Katzenkind, sah aber ihrer Mutter schon sehr ähnlich. Elsa erschien sie zunächst wie ein unbeschriebenes Blatt, bis sie eine Eigenschaft an ihr beobachtete, die dem Kätzchen schließlich zum Verhängnis wurde. Denn für Peggy gab es nur Teifi auf der Welt. Sie war immerzu hinter ihm her, er aber fühlte sich belästigt und gehindert. Das änderte sich erst, als Peggy heranwuchs und ihre Spielaufforderungen eindeutig sexueller Natur wurden. Teifi legte überrascht die Ohren an, als er merkte, dass er es jetzt nicht mehr mit einem ungezogenen Kind, sondern mit einem Weibchen zu tun hatte. Trotzdem aber wollte er Kavalier bleiben und versuchte, die andauernden Belästigungen abzuwehren. Peggy gab keine Ruhe, und die Spiele der beiden Katzen wurden lauter und heftiger.

Inzwischen biss Teifi schon mal richtig zu und schonte sie nicht mehr. Peggy schrie laut, ließ aber nicht von ihm ab, sondern forderte ihn zu immer neuen Angriffen heraus. Da Peggy offenbar noch nicht paarungsbereit war, versuchten die Menschen, die beiden getrennt zu halten; Peggy aber fand ihren Teifi überall wieder. Sie spielten Fangen im und ums Haus herum. Teifi wurde davon ganz erregt und immer rabiater. Erwischte er Peggy, hielt er sie fest, beutelte sie und biss sie in die Hinterbeine und in den Kopf. Es schien ihr zu gefallen. Und weil sie keine Ruhe gab und Wunden an ihr nicht sichtbar waren, griffen die Menschen nicht mehr ein. Schließlich hielt Peggy den Kopf ganz schief, schüttelte ihn und wurde immer matter. Als die Menschen endlich bemerkten, dass das Kätzchen Fieber hatte und mit Fiebermitteln und Ohrentropfen eingriffen, war es zu spät. Wahrscheinlich starb Peggy an einer Ohrentzündung.

Pümme war nun so alt, dass er nach und nach sämtliche Haare verloren hatte. Nur von Käthe ließ er sich noch anfassen. Durfte sie ihn manchmal vorsichtig auf den Schoß nehmen und streicheln, jammerte er leise. Er schien Schmerzen zu haben, war steifbeinig und bewegte sich nur ungern. Für Mauserchen war er immer noch die liebste aller Katzen, und jeden Morgen begrüßte sie ihren Kater mit einem Nasenstüber. Eines Tages war er verschwunden.

Er wird sich wohl zum Sterben zurückgezogen haben, sagten sich die Menschen, weil sie dieses Verhalten schon oft bei in Freiheit lebenden Tieren beobachtet hatten.

Es war Wochen später, als Elsa sich mit einem Buch ins Gelände zurückgezogen hatte und sich lesend auf einer weichen Moosfläche räkelte, an einem angenehm kühlen Ort. Insekten summten. In der Nähe musste eine Wasserstelle sein. Plötzlich sah sie Mauserchen, die, wie sie meinte, sie besuchen wollte. Aber die Katze nahm keine Notiz von ihr, vielmehr schien sie auf etwas zu warten. Dann sah Elsa es mit Entsetzen: Unter dem Gestrüpp kroch ein Etwas mühsam hervor, über und über mit hellbraunem Schlamm bedeckt, katzengroß. Mauserchen ging auf das Wesen zu, mauzte leise und zärtlich. Pümme …!

Er lebte also noch, und sein geliebtes Weibchen versorgte ihn mit Zuwendung und vielleicht auch mit Nahrung. Der kühle Schlamm konnte ihn wohl kaum heilen, sicherlich aber die Schmerzen in den von Gicht geplagten Gelenken lindern. Wie lange Mauserchen ihren alten Mann noch gepflegt hat, weiß niemand.

Die anderen Menschen wollten Elsa diese Geschichte gar nicht abnehmen. Sie verriet ihnen den Platz auch nicht, damit keiner von ihnen auf die Idee kam, die Katzenliebe zu stören. Pümme war ungefähr fünfzehn Jahre alt und sicherlich sehr erfahren und weise; Mauserchen wiederum besaß auch nahezu menschliche Eigenschaften. Wenn sie jetzt zu Elsa ins Bett kroch und sich schnurrend an sie schmiegte, selbst wenn sie zuvor in der Küche wieder etwas gemaust oder eine niedliche Maus zu Tode gequält hatte, empfand Elsa ein verwandtschaftliches Zusammengehörigkeitsgefühl.

Nene – ein lieber kleiner Kater

Zurück aus Argentinien vermisste Elsa die vielen Tiere der dortigen Verwandten sehr. In Deutschland hatte sie zwar eine interessante Arbeitsstelle gefunden und gemeinsam mit ihrer Mutter eine kleine Wohnung in ländlicher Gegend bezogen, aber ihr Leben erschien ihr ohne den Hauch der großen weiten Welt langweilig und kleinbürgerlich. Ihren nächsten Urlaub benutzte sie daher zu einer längeren Abenteuerreise ganz allein in ihrem Auto. Als sie zurückkehrte, saß eine Katze bei Isolde, ihrer Mutter, mit am Tisch. Sie war ihr zugelaufen und von ihr herzlich aufgenommen worden. So hatten sie also wieder ein Haustier, eine Allerweltskatze, unscheinbar, aber sehr lieb. Es dauerte nicht lange, bis sie feststellten, dass Mieze, auf diesen Namen hörte sie, trächtig war.

Elsa verbrachte jeden Wochentag bei der Arbeit und kam erst spät abends nach Hause. Isolde war alt und gebrechlich geworden. So geschah es, dass sie die schwangere Katze vergaßen. Eines Abends fand Elsa Mieze schnurrend in ihrem Körbchen liegend. Die Wehen hatten eingesetzt. Elsa wusste nicht, wie lange so etwas dauern würde, blieb aber, als Mieze am nächsten Morgen immer noch schnurrend, aber mit heftigen Leibesbewegungen dalag, vorsichtshalber doch zu Hause. Mieze strahlte sie an, schnurrte und stemmte sich gegen den Rand des Körbchens. Sollte man da nicht doch lieber einen Tierarzt befragen? Dann, gegen Abend, waren sie da, die Katzenkinder: drei – eines davon aber war eine Missgeburt; sein Kopf saß im rechten Winkel auf der Wirbelsäule. Mieze kümmerte sich nicht weiter um dieses Kind, obwohl es sehr laut und durchdringend schrie, während Mieze die anderen beiden liebevoll ableckte. Was tun? Für Elsa be-

gann eine schreckliche Nacht. Am nächsten Morgen war das missge-
bildete Tierchen tot.

Eines der noch blinden kleinen Kätzchen war besonders hübsch. Grau
getigert, mit einem schwarzen M auf der Stirn. Die Vermieterin, sie
wohnte im gleichen Haus im ersten Stock, kam zu ihnen runter, die
Katzenwochenstube zu besichtigen. Sie kannte sich aus mit Katzen,
schien ein wenig neidisch, stellte aber auch fest, dass das graue Baby
ein Katerchen sei. Elsas und ihrer Mutter Wohnung lag zu ebener
Erde; Mieze konnte also durch die Fenster jederzeit aus und ein gehen. Mit ihren Kindern hatte sie einen Platz auf einer Decke auf dem
Sofa erhalten. Komischerweise gefiel ihr der Platz aber gar nicht. Sie
trug eines ihrer Jungen nach dem andern ins Bad, weil da die Tür
angelehnt war. Als die Menschen die Babys zurücktrugen, machte sie
sich wieder mit ihnen auf den Weg, diesmal in die Küche, ganz weit
nach hinten unter den Tisch. Was hatte das nur zu bedeuten? Da sah
Elsa, dass sich der Vorhang leicht bewegte; dahinter saß ein dicker,
fetter Kater. Mit großem Trara trieb sie ihn hinaus. Mieze war aber
noch nicht zufrieden. Sie schien aufgeregt und voller Angst. Also
schlossen sie die Fenster. Nur zur Toilette ließen sie die Tür offen.
Über der Kloschüssel befand sich ein vergittertes Fenster, das Mieze
auch manchmal als Ausgang benutzte. Mieze beruhigte sich nicht.
Schließlich schaute Elsa unters Sofa. Tatsächlich, da saß noch so ein
dickes Katzenvieh, und hinter der Tür fanden sie ein weiteres. Also
begann eine wilde Jagd; Mieze immer mit dabei. Sie trieben die Kater
in die Toilette, und der erste schaffte auch den Sprung durchs Fenster, der zweite aber war so aufgeregt, dass er in die Kloschüssel
plumpste, bis er patschnass dann doch den Ausgang fand. Endlich
konnte sich Mieze beruhigt ihren Kindern widmen. Elsa hatte wieder
etwas Neues gelernt. Nämlich, dass eine Katzengeburt offensichtlich

männliche Katzen anlockt, und eine Katzenmutter auf jeden Fall ihre Neugeborenen verstecken oder verteidigen muss. Davon hatte sie noch nie gehört oder gelesen. Mieze schien zu allem bereit. Als nichtsahnend ein großer Schäferhund am Haus vorbeiging, stürzte sie hinaus, und Elsa hörte den Hund plötzlich laut winseln.

Mieze war eine rührende Mutter, aber sobald ihre beiden Zöglinge entwöhnt waren, wurde sie ziemlich biestig zu ihnen. Elsa wollte das hübsche kleine Katerchen gern behalten und beschützte und bevorzugte es daher vor Mieze. Nene hatten sie es getauft. So werden in Argentinien zärtlich die kleinen Buben genannt. Nenes kleinere Schwester war eines Tages verschwunden, ohne dass es Mieze etwas ausgemacht hätte. Elsa hoffte, dass sie in dieser tierlieben ländlichen Gegend ein gutes Zuhause gefunden hatte. Nene bezog täglich Prügel und Bisse von seiner Mutter. Er schien unglücklich zu sein, aber Mieze fand eine Lösung. Zu der Wohnung der netten Vermieterin im ersten Stock führte eine Freitreppe hinauf zum Balkon. Eines Tages mauzte Mieze ganz arrogant von dort oben. Sie war umgezogen und im ersten Stock begeistert aufgenommen worden. Noch einmal bekam sie Junge, bis sie dann kastriert wurde und faul und dick ein glückliches Katzenleben führte.

Nene wuchs bei Isolde und Elsa heran. Er blieb zeit seines Lebens klein und zierlich. Zunächst musste er sich gegen die Kater der Nachbarschaft durchsetzen. Jede Nacht hörte ihn Elsa, wie er erbärmlich schrie, weil er verprügelt wurde. Eines Nachts, er schrie wie in Todesangst, sprang sie aus dem Fenster und stürmte den Abhang hinab, um ihn zu retten … und verstauchte sich dabei den Fuß. Tagelang hatte sie Schmerzen und musste dazu noch den Spott ertragen. Ein anderes Mal, auf dem Heimweg von der Arbeit, sah sie zwei Katzen, die auf einem Baugerüst heftig miteinander kämpften, eine davon war Nene. Er wurde von dem größeren Kater einen hinausragenden Balken entlanggetrieben, konnte sich nur mit Mühe festkrallen und hing nun mit dem Rücken nach unten über dem Abgrund. Der andere gab keine Ruhe, biss und kratzte Nene in die Pfoten, sodass der loslassen musste und Elsa vor die Füße fiel und fauchend blitzschnell im Gelände verschwand.

Kaum richtig erwachsen, ging Nene jede Nacht auf Tour und kam erst gegen Morgen zurück. Ob er auf der Jagd oder auf Brautschau gewesen war, blieb den beiden Frauen verborgen. Zu Hause war er lieb und anhänglich. Als er eine kranke Pfote hatte, zeigte er sie Elsa klagend und ließ sich geduldig untersuchen. Die Pfote war stark geschwollen, und Elsa ertastete einen spitzen Splitter darin. Mit einer Pinzette entfernte sie diesen vorsichtig, und ein dicker Strahl gelben Eiters quoll hervor. Das müssen starke Schmerzen gewesen sein, die Nene da zu ertragen hatte; jetzt waren sie ganz plötzlich weg. Seine Dankbarkeit war groß, und Elsa spürte von nun an manchmal seine bewundernden Blicke auf sich ruhen. Außerdem betrachtete er sich als ihr Beschützer. Männliche Besucher jedenfalls ließ er nicht an sie heran. Mit lautem Fauchen griff er diese an, indem er an ihnen hochsprang und sie zu kratzen und zu beißen versuchte. Elsa hatte Mühe, ihn zu beruhigen und aus dem Zimmer zu tragen. [Abb. Elsa mit Nene]

So verging die Zeit, und eines Tages kam Nene mal wieder nicht nach Hause. Das war zwar schon des Öfteren passiert, aber nach einigen Tagen sorgte sich Elsa doch sehr. Sie suchte und rief nach ihm und fragte in der Nachbarschaft, ob ihn jemand gesehen hätte. Ein junger Mann klärte sie auf, dass der Jäger, dem das Revier nahe ihrer Wohnung gehöre, rigoros auf alle Katzen schösse, die er weiter als dreihundert Meter entfernt von den Häusern anträfe. Elsa befiel eine bange Ahnung. Dann informierten sie ein paar Jugendliche: Sie hätten dort draußen im Feld eine tote graue Katze liegen sehen. Nenes Leben endete also nach sechs Jahren in einer Ackerfurche.

✿✿✿

Bald darauf zogen Elsa und Isolde in die nahegelegene Großstadt, denn Elsa heiratete und bekam eine Tochter. 1968 zogen sie nochmals um. Die Familie lebte nun in einem Hochhaus in einer kleinen Stadt bei Frankfurt am Main. Dort beginnt die Geschichte der Katze Minka.

Die Erinnerung an ihre Katzen ruft in Elsa oft ambivalente Gefühle hervor. Dabei legt sie, soweit irgend möglich, ihrer Tierliebe keine moralischen Maßstäbe zugrunde. Natürlich tötet sie alles Ungeziefer, Stechmücken oder Zecken mitleidlos, aber schon bei Bienen, Hummeln oder gar Spinnen macht sie eine Ausnahme und rettet ihnen nach Möglichkeit das Leben.

Sie liebt auch Mäuse, seit es ihr während eines eiskalten Kriegswinters gelungen war, eine Feldmaus zu zähmen. Sie hatte sie regelmäßig auf der Fensterbank gefüttert und durfte sie dafür sogar ganz vorsichtig streicheln. Die kleinen lebenden Beutetiere jedoch, die ihr ihre Katzen immer wieder als Geschenk zu Füßen oder vor das Bett legten, haben sie immer entsetzt. Eine Lebensrettung war da nie möglich und selbst das Verkürzen der Leidenszeit des Opfers meistens nur eine Qual für alle Beteiligten.

Alle ihre Katzen hatte Elsa sehr geliebt und stets lange um sie getrauert, doch in Anbetracht der vielen Mäuse und jungen Vögel, die sie im Lauf der Zeit gemordet hatten, dann doch beschlossen: Nie mehr Katzen!

„Mit der Katze kam das Böse in die Welt", meinte Darwin. Jeder, der eine Katze beobachtet, wie sie ihr blutendes Opfer in possierlichem Spiel so lange hin und her hetzt, bis es sich nicht mehr bewegt, ehe sie es schließlich verspeist, wird ihm zunächst gefühlsmäßig zustimmen. Ob Wollknäuel oder Maus, sie spielt mit allem, was sich bewegt oder leicht bewegen lässt. Es ist dieser angeborene Spieltrieb, der dem Menschen an der Katze besonders gefällt. Im Gegensatz zu ihm, und nach neuesten Erkenntnissen auch zu manchen Primaten, sind die Felidae, die Katzenarten, nicht zu Empathie fähig. Mauserchens Verhalten dem Kater Pümme gegenüber war sicher eine Ausnahme. Es kommt eben doch hin und wieder vor, dass Tiere ‚edler' handeln als viele Menschen. Die menschlichen Kategorien von Gut und Böse treffen auf sie trotzdem nicht zu.

Die Frage, wie das Böse in die Evolution kam, hat auch Darwin für Elsa nicht befriedigend beantworten können. Oder war die Frage vielleicht grundsätzlich falsch gestellt?

„... denn unfühlend ist die Natur", so lautet eine Zeile aus dem Gedicht „Das Göttliche" von Johann Wolfgang von Goethe, das sie in der Schule hatte auswendig lernen müssen und an das sie sich gern erinnert.

Als zu verantwortlichem Handeln und moralischem Denken fähig beschreibt auch Goethe darin allein den Menschen. Demnach könnte dieser doch dazu aufgerufen sein, das Recht des Stärkeren zu negieren und sich für mehr Gerechtigkeit unter den Menschen einzusetzen und das Leid von Tieren zu verringern.

Je älter Elsa wurde, umso mehr missfielen ihr die Naturgesetze, die auf dem Recht des Stärkeren beruhen. Es fällt ihr inzwischen schwer, selbst in ihrem kleinen Gärtchen Unkraut zu jäten, denn sie muss ja auch dabei Schicksal spielen.

Dies kleine Pflänzchen, das sich hier angesiedelt hat, wollte eigentlich eine Birke werden ... Griffe sie nicht ein, würde hier bald ein dichtes Wäldchen entstehen. Allerdings würde das die schöne Vielfalt des angelegten Gartens zerstören, nach dem Recht des Stärkeren eben – selbst in der Pflanzenwelt.

So sehr Elsa die Natur liebt, hadert sie doch mit dem Grundprinzip der Evolution. Den Optimismus, den Philosophen des 18. Jahrhunderts begründet hatten, dass wir in der „... besten aller möglichen Welten" leben würden, kann sie nicht teilen. So befindet sich die alte Dame auf der Parkbank plötzlich in einem philosophischen Dilemma, und niemand sieht ihr das an.

Schon als Kind hatte Elsa begonnen, darüber zu grübeln, ob es denn nicht auch eine andere Möglichkeit geben könnte, Menschen und Tiere zu ernähren. Ihre Eltern waren überzeugte Vegetarier gewesen, daher stand auch für sie fest: Der Mensch braucht kein Fleisch, wenn er nur ernsthaft will. Aber was war dann mit all den großen und kleinen Raubtieren, zu denen ja auch Hunde und Katzen gehören, die doch nur als Fleischfresser existieren können? So hatte sie sehr bald eingesehen, dass es Tiere und Menschen in unwirtlichen Regionen gibt, die nicht auf Fleisch verzichten können. Es kommt eben auch sehr auf die Jagd- und Tötungsmethoden an.

Ihre Hunde und Katzen hatte sie jedenfalls nicht mit Grünzeug zu ernähren versucht. Aber schon bald drängte sich Elsa die Frage auf, warum die Evolution nicht auch eine Methode entwickelt hatte, mit deren Hilfe alle Lebewesen sich durch pflanzliche Stoffe plus zum Beispiel Wasser und Sonnenenergie ernähren konnten. Der Sonne Kraft ist doch riesig und unerschöpflich und Wasser fast überall vorhanden. Also, wenn sie allmächtig wäre, wenn sie Gott wäre, ihr wäre da schon etwas eingefallen. Ehe sie sich recht versah, war ihr damals jeder Glaube abhandengekommen. Jetzt, im hohen Alter, war ihr diese Problematik eigentlich nicht mehr wichtig. Es war schon richtig, wie die Natur das hinbekommen hatte.

In letzter Zeit kreisten ihre Gedanken eher um ein anderes Thema. Schließlich konnte ihr Leben doch nicht mehr lange so weitergehen. Sie ist seit fünfzig Jahren verheiratet, hat Kinder und Enkel. Ihre Tiere und viele liebgewonnene alte Menschen hatte sie schon verloren, und die jungen Leute brachten keine Zeit mehr auf für sie und ihre Spintisiererei. Es ist sehr still um sie geworden.

Aber heute beschließt sie, sich erst einmal wieder ganz den wirklich wichtigen Fragen des Alltags zuzuwenden, denn als sie am Morgen zu ihrem Spaziergang aufbrechen wollte, hatte es geschneit. Die Winterstiefel waren schnell gefunden und der Schnee auf dem Gehweg vor der Haustür weggekehrt.

Sie stapft durch den Neuschnee, der in der Nacht die Wildnis unter sich begraben hat. Wie verändert die vertraute Landschaft jetzt erscheint! Die gebahnten Wege gibt es nicht mehr, die Stille ist fast unheimlich. Nur manchmal fällt ein Batzen Schnee von den dünnen Zweigen, sonst rührt sich nichts, kein Windhauch. Ein inniges Gefühl von Naturverbundenheit erfüllt sie und stimmt sie fröhlich. Querfeldein durchstreift sie das Gelände und spielt in Gedanken durch, dass sie sich eine unbekannte Gegend erobere.

Später erreicht sie den breiten Weg; er verläuft zwischen der Wildnis und den Schrebergärten. Hier haben Spaziergänger den Schnee bereits festgetreten; sie trifft auf Menschen, die sich ebenfalls über die Winterstimmung freuen. Je näher sie der Siedlung kommt, desto mehr verebbt die Stille und fröhliche Kinderstimmen dringen an ihr Ohr. Es ist nur ein sehr kleiner Hügel, der sich da am Rande des Weges neben einer großen Wiese erhebt. Aber er reicht aus, den Stadtkindern eine Freude zu machen. Die meisten haben ihre Schlitten herausgeholt. Andere haben sich irgendwelche Rutschgelegenheiten zusammengebastelt, Hauptsache, alle haben ihren Spaß.

Gut gelaunt erreicht sie ihr Zuhause. Wie heimelig fühlt sich jetzt eine warme Stube an und wie wohltuend eine Tasse Tee. Wäre es nicht schön, jetzt von einem schnurrenden Vierbeiner umschmeichelt zu werden? Aber dann fallen ihr zu den vielen schönen Erinnerungen an ihre Katzen auch weniger schöne Erlebnisse ein, die mit der räuberischen Natur dieser Tiere zusammenhängen.

Minka und Manki – zwei Räuber

Es ist über dreißig Jahre her. Elsa lebte mit ihrer Familie in einem Hochhaus in der Stadt. Ein Haustier hatten sie schon lange nicht mehr; die Wohnanlage schien dafür denkbar ungeeignet. Einmal hörte sie allerdings ein lautes Mauzen im Treppenhaus. Dort saß ein Kätzchen und ließ sich gern auf den Arm nehmen. Es trug ein Halsband, und darauf stand eine Telefonnummer.

Der Besitzer des Tieres zeigte sich hocherfreut, dass er es abholen konnte. Er erzählte, er sei vor einiger Zeit hierher gezogen und auch davon, wie schwierig es für seine Katze, eine Freigängerin, doch sei, sich in der neuen Umgebung zurechtzufinden, weil die Häuser äußerlich und im Treppenhaus alle gleich aussähen. Dann auch noch das richtige Stockwerk zu finden, sei für sie fast unmöglich. Er übe es immer wieder mit ihr und habe auch eine Wegmarkierung angebracht. Was nütze das aber, wenn sie sich im falschen Haus befinde? Sie sei sehr zutraulich und gehe wie Hilfe suchend immer auf die Leute zu, weshalb er zum Glück immer wieder angerufen werde.

Souveräner verhielt sich da ein Kater, der eines Tages suchend am Hauseingang stand. Er begleitete Elsa in den Aufzug hinein, stieg anschließend mit ihr aus. Mit der größten Selbstverständlichkeit ging er mit in ihre Wohnung. Dort schien er etwas überrascht, inspizierte dann aber nacheinander alle Räume, ehe er zu verstehen gab, dass er nun wieder hinaus wolle. Er spazierte zum Aufzug; Elsa fuhr mit ihm hinunter. Dort verabschiedete er sich, trollte sich und wusste anscheinend genau, wohin er gehörte.

Natürlich bestand bei Elsa und ihrer Familie eine Sehnsucht nach einem solchen Hausgenossen, gleichzeitig aber fragten sie sich, ob sie einem Tier wirklich ein so naturfernes Leben zumuten sollten.

Eines Tages löste sich das Problem von selbst, als nämlich vier kleine Mädchen keifend und zankend im Flur des Erdgeschosses standen. Eines der Kinder hielt eine Katze fest an sich gepresst. Es stellte sich heraus, dass sie sich um dieses Tier stritten. Elsa bat sie in ihre Wohnung, um zu helfen und den Streit zu schlichten. Die Eigentumsverhältnisse waren völlig ungeklärt. Die Mädchen hatten die Mieze abwechselnd mit nach Hause genommen und betreut, bis dann jeweils die Mütter die Katze nicht mehr in der Wohnung dulden wollten. Was nun?

Es handelte sich um ein nicht mehr ganz junges Weibchen, das Elsa sofort an Mauserchen erinnerte. Einst war sie wohl eine Streunerin gewesen, nun aber wusste niemand mehr, wohin sie gehörte. Elsa reichte der Katze eine Schale mit Wasser, und sie trank wie eine, die kurz vorm Verdursten stand. Danach schlug sie den Kindern vor, ihr die Katze zu überlassen. Sie könnten sie ja jederzeit bei ihr besuchen.

Eine Zeit lang tauchte ab und zu wieder eines der Mädchen auf und verlangte energisch seine Katze zurück. Auf die Frage, ob denn die Mutter informiert und einverstanden sei, mussten sie allerdings immer verneinen. Elsa gab zu verstehen, dass sie Minka, wie sie das Tier getauft hatte, nie mehr hergeben würde. Das, obwohl ihr inzwischen klar war, warum die Mütter die Katze anscheinend lieblos hinausgeschmissen hatten: Minka war nicht stubenrein! Das tat Elsas Tierliebe allerdings keinen Abbruch. Umgehend hatte sie eine Katzentoilette besorgt, die Minka aber ignorierte.

Wohin machte sie denn bloß ihr Geschäft? Nun, das stellte sich bald heraus, der Geruch verriet die Missetat. Minka war bemüht, immer wieder ein geeignetes Versteck zu finden. Das waren mit Vorliebe Sofaecken oder andere weich gepolsterte Plätze, die obendrein besonders schwer zu reinigen waren. Schon regte sich in der Familie Protest

gegen das Stinkvieh, aber Elsa glaubte, das würden sie und die Katze schon irgendwie schaffen. Das stellte sich dann aber als langwieriger und schwieriger heraus, als gedacht. Schließlich war Minka schon ziemlich alt und hatte zudem ja eine Menge Erfahrungen gesammelt, von denen sie nicht lassen wollte. Immer wieder trug Elsa sie auf ihr Klo, drückte ihr Hinterteil in die Spreu – vergebens. Schließlich ging sie dazu über, furchtbar zu schimpfen und zu fauchen, wenn sie wieder eine feuchte Stelle fand. Am Schluss wurde sie wegen der Vergeblichkeit ihrer Bemühungen wütend und tobte regelrecht. [Abb. Minka in neuer Wohnung]

Minka hing sehr an ihrem Frauchen, schlief bei ihr im Bett, saß, wenn möglich, auf ihrem Schoß und zeigte ihre Dankbarkeit bei jeder Gelegenheit. Elsa nahm die Katze weiterhin mit, wenn sie selbst die Toilette aufsuchte und setzte sie neben sich auf ihr Katzenklo. Wieder einmal, nach heftigem Eklat und Verzweiflung auf beiden Seiten, überlegte Elsa, die Katze doch in ein Tierheim zu geben.

Die musste irgendetwas gespürt haben, jedenfalls beobachtete Elsa, wie sie in die Toilette schlich und an der Kloschüssel für Menschen hochstieg. Sie hopste auf den Rand und versuchte in die Schüssel zu steigen. Das Wasser darin war ihr aber sehr unangenehm; sie schüttelte die Pfoten. Elsa nahm sie hoch und setzte sie ins Katzenklo, ging selbst auf die Toilette und schaute Minka dabei eindringlich an. Die begriff plötzlich, was hier Sache war und erledigte das erste Mal ihr Geschäft am richtigen Ort. Da war natürlich Elsa voll des Lobes, und später wurde Minka von der ganzen Familie gelobt und belohnt. Von da an war sie völlig stubenrein; Elsas Geduld hatte sich gelohnt.

Da war noch ein weiteres Problem. Minka gab bei jeder Lageveränderung ein „Miau" von sich. Das störte in der Nacht die Schlafenden, das heißt, Elsa machte es eigentlich nichts aus, aber die Familie beschloss: Die Katze muss raus! Dafür bot sich nur der Balkon an. Es wurde ihr dort ein Häuschen mit warmen Decken und sogar einem Heizkissen eingerichtet. Minka aber akzeptierte dies alles nicht und versteckte sich, wenn alle zu Bett gingen, irgendwo in der Wohnung. Also ging die Sucherei los, und immer wurde sie nach einiger Zeit gefunden und rausbefördert.

Da hatte sie den genialen Einfall, unter die Bettdecke zu kriechen und sich ihrem geliebten Frauchen auf die Brust zu pressen. Elsa wäre sich als Schuft vorgekommen, hätte sie Minka verraten. Folglich blieb die Katze unauffindbar. Als es dann still wurde und alle anderen offenbar schliefen, nahm Elsa sie vorsichtig und legte sie ans Fußende ihres Bettes. Die Katze begriff sofort, dass dies ab jetzt ihr Schlafplatz sein sollte. Von da an schlief sie immer zwischen Elsas Füßen. Und das Erstaunliche: sie gab auch keinen Laut von sich, wenn Elsa sich bewegte. Ab dieser Zeit vergötterte Minka Elsa regelrecht. Wenn die las oder auch nur still ihren Gedanken und Träumen nachhing, spürte sie oft diesen eindringlichen, bewundernden Katzenblick. Für Minka schien sie eine Göttin zu sein, wohl nicht unsterblich, aber doch allmächtig.

Dann tauchte das nächste Problem auf. Minka war nicht sterilisiert. Und so zog sie eines Tages jaulend durch die Wohnung, und ihre Körperhaltung zeigte deutlich an, was ihr fehlte. Elsa suchte nach der nächstgelegenen Tierarztpraxis. Unerfahren, wie sie mit Haustieren in zivilisierten Ländern war, packte sie also ihre Katze und stieg mit ihr ins Auto. Während der Fahrt benahm sich Minka einigermaßen anständig, wenngleich sie deutlich und laut zum Ausdruck brachte, dass ihr diese Reise nicht gefiel. Dann aber, auf dem Weg vom Parkplatz zum Tierarzt, war Elsa froh, dass Minka ein Halsband trug, an dem sie sie festhalten konnte. Das Wartezimmer war leer; Minka schaute sich nun ruhig und gelassen darin um. Später erst sah Elsa bei anderen Leuten, was es hierzulande doch für praktische Katzentransportbehältnisse gab.

Der Tierarzt stellte fest, Minka sei ein wahrer Methusalem, eine Sterilisation nicht mehr empfehlenswert; außerdem habe sie wohl noch nie im Leben Nachwuchs gehabt. Sonst aber war Minka äußerst gesund. Ihre Kinderlosigkeit lag sicher nur daran, dass es in ihrem städtischen Lebensraum keine Kater gegeben hatte. Die Arme! Vermutlich war sie auch wegen ihrer schaurigen Liebesgesänge überall wieder verjagt worden. Minka wurde geimpft, und ihr Frauchen bekam eine Packung Katzenantibabypillen mit. Jeweils nach Verabreichung einer Pille war Minka schlagartig nicht mehr heiß.

Zum Glück suchte die Familie schon seit geraumer Zeit nach einem eigenen kleinen Haus mit Garten im städtischen Umland. Dann könnte man die Pille ja wieder absetzen.

Elsa glaubte, Minka leide in der Wohnung und sehne sich nach der freien Natur. So nahm sie die Katze erst an die Leine, trug sie dann in das nahe gelegene Wäldchen und setzte sie dort leinenlos auf dem Erdboden ab. Minka geriet in Panik und verschwand umgehend in dem erstbesten Kaninchenloch. Schwierig, sie dort wieder herauszuziehen. Auch sonst schien ihr der Spaziergang keine Freude zu machen.

Freude machte es ihr dagegen, auf dem Balkon sitzend die Vögel zu beobachten. Eines Tages setzte sich eine gerade flügge gewordene Blaumeise auf das Balkongeländer. Blitzschnell hatte Minka zugepackt. Elsa konnte ihr das kleine Vögelchen zwar entwinden, aber es war schon sehr verletzt. Elsa fühlte sich hilflos und traurig und wusste nicht, was sie machen sollte. Aus Hölzchen und Moos bastelte sie ein Nest und stellte es mit der kleinen Meise ans Balkongeländer. Tatsächlich kamen die Blaumeiseneltern und kümmerten sich um ihr Kind. Aber nach zwei Tagen war es dann doch gestorben. Die beiden erwachsenen Blaumeisen flogen nun fast ein Jahr lang frühmorgens bei Sonnenaufgang auf den Balkon und veranstalteten dort ein Mordsspektakel. Minka störte das nicht weiter, wohl aber die Menschen, die um ihren Schlaf gebracht wurden.

Bis dann Minka eines Tages vom Balkon fiel – immerhin vom 7. Stock. Bangen Herzens ging Elsa ihre Katze suchen. Um das Haus wuchs dichtes Gebüsch, doch weit und breit keine Katze, so sehr Elsa auch rief und lockte. Am nächsten Tag hörte sie, wie der Hausmeister, er wohnte im Erdgeschoss, einer Frau erzählte, dass er die ganze Nacht nicht hätte schlafen können, weil eine Katze so laut geschrien habe. Also suchte Elsa nochmals das Gebüsch ab ... und tatsächlich fand sie Minka, die sich an die Erde presste und auf ihr Rufen nicht reagierte. Sie schien erleichtert, als ihr Frauchen sie auf den Arm nahm und in die Wohnung trug. Minka hatte den Sturz völlig unbeschadet überstanden.

Von jetzt an passten alle höllisch auf, dass die Katze nicht mehr allein und unbeaufsichtigt auf den Balkon konnte. Noch einmal ist sie dann von einem gekippten Fenster in die Tiefe gefallen. Elsa war nicht zu Hause, erfuhr die Schreckensnachricht aber, als sie zurückkehrte und wieder hinunterging, um ihre Katze zu suchen. Da stand Minka schon vor der Tür und begrüßte sie freudig. Sie schien darauf gewartet zu haben, dass man sie heraufholte.

Wenig später zog die Familie um in ein kleines Haus nahe der sogenannten Sinai-Wildnis. Minka war entsetzt, als der Umzug begann, und in der neuen Wohnung geriet sie vollends in Panik. Die Menschen hatten zwar daran gedacht, alle Türen und Fernster zu schließen, damit sie keine Dummheiten machen konnte, sie aber fand dann doch einen Unterschlupf im Badezimmer, in dem sie sich einigermaßen sicher fühlte. In der Mauer um die Wanne war noch ein Loch; in das verkroch sie sich. Da konnte nun wirklich niemand die Katze wieder herausholen, selbst Besenstiele und Stangen erreichten sie nicht.

Sie wird schon wieder hervorkommen, wenn Hunger und Durst zu groß werden. Also warteten die Menschen ab. Inzwischen richteten sie sich mit ihren alten Möbeln ein und vergaßen derweil die Katze, beinahe. Ab und zu ging Elsa an das Loch, rief Minka beim Namen und stellte Wasser hin ... Nichts regte sich. Es dauerte fast drei Wochen, bis eine steifbeinige Katze wieder zutage kam. Fast sah es aus, als sei es ihr peinlich, dass sie jetzt nachgeben müsse. Als sie nach und nach die Einrichtung wiedererkannte, zeigte sie Freude: Das war ja beinahe wie ihr altes Zuhause!

Irgendwann fand sie auch den Ausgang in den Garten und traute ihren Augen nicht. Als sie bemerkte, dass das kein Traum, sondern pure Wirklichkeit war, geriet sie in einen regelrechten Freudentaumel. Erst vorsichtig, dann immer ausgedehnter erkundete sie die Umgebung und war nicht mehr zu halten. Besonders die Nächte verbrachte sie nur noch draußen.

Einmal ist Minka noch Mutter geworden. Ein struppiger verwilderter Kater tauchte aus dem Nichts auf und machte ihr den Hof: Zuerst wollte sie gar nichts von ihm wissen.

Was will der denn?, schien sie zu fragen. Erst als Elsa ihn freundlich ansprach und streichelte, akzeptierte sie ihn. Sie hat dann genauso wie Mauserchen im hohen Alter nur ein Kind bekommen, auch wenn das zunächst kein Tierarzt glauben wollte.

Trotz ihres Alters, und obwohl sie bestens ernährt wurde, entwickelte sie sich aber ziemlich bald zu einem schrecklichen Räuber. Sie glaubte, ihrer Menschenfamilie dauernd Liebesbeweise liefern zu müssen. Frühmorgens, wenn sie von ihren nächtlichen Beutezügen zurückkehrte, legte sie Elsa ihre meist noch nicht völlig tote Beute vor die Füße.

Es muss ein großer Schock für die Vögel in den Gärten der Siedlung gewesen sein. Sie waren den Menschen gegenüber ziemlich furchtlos, fast zahm geworden, da sie bisher ganz unbehelligt von Katzen ihr Dasein fristen konnten. Zwar begriffen sie ganz schnell die neue Gefahr, aber für viele Jungvögel war es oft zu spät. Besonders im Frühjahr wurden die kaum flügge gewordenen, noch am Boden hockenden Amseln Minkas Beute. Frühmorgens schon zerrte sie schreiende junge Vögel Stufe für Stufe polternd die Treppe hoch, um sie Elsa ans Bett zu bringen, und gab sich sichtlich enttäuscht, nicht gelobt zu werden.

Für Elsa ein Alptraum. Jeden Morgen erhob sie sich noch früher, um die Katze abzufangen und ihr die Beute möglichst unversehrt abzunehmen. Einmal befreite sie eine Amsel aus Minkas Krallen. Der Jungvogel schien unverletzt, schwankte nur ein wenig, als Elsa ihn mit ein paar Blättern vorsichtig ins Gras setzte. Sie strich ihm mit einer reifen Kirsche sanft um den Schnabel, und tatsächlich griff er danach und verspeiste sie. Minka war eingesperrt worden, und Elsa beobachtete den Vogel, der da aufgeplustert auf dem Gartenweg saß und allmählich wohl nach seinen Eltern rief. Da kam tatsächlich der Amselvater angeflogen – und der machte es ähnlich wie Elsa: Er hielt ihm eine Kirsche hin und stopfte sie ihm dann in den geöffneten Schnabel. Eine Weile hockten die beiden Vögel noch auf dem Gartenweg, dann erhob sich der Vater, und etwas schwerfällig noch flog sein Junges mit ihm davon. Elsa aber fühlte sich sehr gut.

Natürlich versuchten die Menschen immer, die Katze wenigstens in der Hauptbrutzeit einzusperren, aber die entwischte stets; außerdem machte sie so viel Rabatz, dass kein Mensch das lange aushalten konnte. Wer sollte einem da mehr leidtun, die Katze, die man immerhin persönlich kannte, oder die Vögel? So ist eben die Natur auch: gefühllos und grausam. Für Elsa kein Trost.

Dann hatte Minka eines Tages einen dunklen Streifen in der Iris eines Auges.

„Sie hatte einen Schlaganfall, und das wird sich bald wiederholen", meinte der Tierarzt. So kam es dann auch. Die tote Katze hatte ein eigenartiges Raubtiergesicht, vielleicht so, wie sie ihren Opfern immer erschienen sein mochte. Als die Menschen sie im Garten begruben, hatten sich Minkas Gesichtszüge entspannt. Da war es wieder, das liebe sanfte Katzengesicht.

Trotz mancher zwiespältigen Gefühle vermisste Elsa Minka sehr. Wie still war es doch jetzt in Haus und Garten, wenn sie von der Arbeit kam – keine freudige Begrüßungszeremonie mehr.

Was hilft gegen so einen Kummer? Na klar, ein neues Kätzchen musste her! So ein kleines hilfloses, verlassenes Wesen, das sonst niemand haben wollte, das kann doch niemand ablehnen. So kam ziemlich bald nach Minka Manki ins Haus. Sie sah Minka zum Verwechseln ähnlich, daher der Name Manki.

✲✲✲

Wenn sich Elsa ab und zu hinsetzt, um ihre Tiergeschichten endlich aufzuschreiben, fallen ihr immer auch ihre beiden Schmusekatzen ein, Minka und Manki, wie jede sich zärtlich schnurrend an sie schmiegte. Am liebsten möchte sie die unschönen Erlebnisse verdrängen, muss sich aber eingestehen, dass sie auch ein schlechtes Gewissen hat, denn von Anfang an hatte sie ja gewusst, dass Katzen eigentlich Raubtiere sind – nicht viel anders als wir Menschen.

Liest sie morgens in der Zeitung ausführlich von Krieg und Mord, vergegenwärtigt sie sich mit Entsetzen des hohen Raubtieranteils in den Genen auch ihrer, der menschlichen Spezies. In aufgewühlter

Stimmung streift sie dann durch die unberührte Wildnis des Sinai-Parks, um sich zu beruhigen und mit freundlichen Menschen plaudernd ihren Gleichmut wiederzuerlangen.

Zweifellos existiert eine gewisse Seelenverwandtschaft zwischen Mensch und Raubtier. Raubtiere faszinieren ihn wegen ihrer Schönheit und Gefährlichkeit. Was für ein schönes Tier ist doch so ein Tiger ... sein Fell ... die schönste Trophäe für jeden echten Großwildjäger!

Im Zoo beobachtete Elsa einmal ein verliebtes Löwenpaar: Diese liebevollen Blicke, dieses sanfte Knurren und verhaltene Brüllen. Ihr Liebesspiel kam ihr zwar fast menschlich vor, aber es handelte sich eben doch um die ureigene Sprache der Löwen.

Neben Berichten über das schreckliche Kriegsgeschehen in der Welt findet Elsa auch Kulturfilme über jagende Großkatzen nicht minder schrecklich. Ausführlich wird darin gezeigt, wie diese Raubtiere sich einzeln oder gemeinsam auf die Lauer legen, ihre Beutetiere umschleichen und dann ein Jungtier oder ein anderes schwächliches Mitglied von der Herde abtrennen und es ergreifen. Klar, sie haben Hunger, müssen sich ernähren. Sie werfen ihr Opfer zu Boden, ersticken es in aller Regel zum Beispiel mit einem Biss in die Kehle, und reißen ihm als Erstes die Weichteile an der Bauchseite heraus. Das sieht sehr grausam und brutal aus. In der Wildnis sterben Pflanzenfresser wohl selten eines natürlichen Todes.

Elsa tröstet sich damit, dass Beutetiere, werden sie vom Raubtier gepackt, wahrscheinlich so überrumpelt sind und unter Schock stehen, dass ihnen gar nicht richtig bewusst wird, was ihnen gerade geschieht.

Und der Sprecher im Hintergrund der Doku kommentiert: „Ein schönes, schreckliches Schauspiel der Natur."

Elsa findet das Verhalten von Raubkatzen nicht verwerflich; natürlich ist es auch moralisch nicht zu bewerten. Anders bewertet sie die Untaten der Raubmenschen. Aber Mensch zu sein und sich schon sehr früh bewusst zu werden, dass zum Leben der Schmerz gehört und letztendlich aller Menschen Schicksal der Tod ist, ist verdammt hart. Wenn es einen Gott und die „unbekannten Höheren Wesen" wie in Johann Wolfang von Goethes Gedicht „Das Göttliche" wirklich geben sollte, dann könnten die das bestimmt gar nicht nachempfinden. Es fehlte nicht viel, und Elsa hätte in großer menschlicher Solidarität alle Bösewichter freigesprochen.

Nun streicht sie sich über die Stirn und ihr wird bewusst, wie sehr sie abgeschweift ist von ihren Katzen über die Raubtiere und die Raubmenschen bis hin zu Glaubensfragen.

Mein Gott, denkt sie, *werde ich alt!*, und schreibt weiter an ihrer Katzengeschichte.

✳✳✳

Manki war etwas sanfter und zärtlicher als Minka, aber die stille Hoffnung, dass sie vielleicht weniger räuberisch sein würde, erfüllte sich nicht. Sobald sie sich einigermaßen eingelebt hatte, trieb sie es fast noch schlimmer als Minka, wenn sie sich auch mehr auf Mäuse spezialisierte und weniger Vögel nach Hause brachte. Das war schlimm genug, denn sie schien offenbar überzeugt, ihre Menschen ernähren zu müssen. Unglaublich, wie viele Mäuse es in der Wildnis gab. Immerzu und stundenlang beschäftigte sich Manki damit, ein kleines, jämmerlich piepsendes Lebewesen langsam zu Tode zu quälen. Besonders gern legte sie so ein noch halb lebendiges Beutetierchen Elsa aufs Kopfkissen, direkt neben das Gesicht der noch Schlafenden. Es machte ihr wohl Freude, wenn die dann mit einem Schrei hochfuhr.

Die Mäuse hatten offensichtlich Platzprobleme aufgrund von Übervölkerung. Jedenfalls kamen sie trotz Katze immer wieder ins Haus, knabberten zum Beispiel den Teppich an der Tür zum Garten an und versuchten sich unter dem Sofa ein Nest zu bauen. Also ganz eindeutig freche Schädlinge. Trotzdem wird Elsa nicht den gellenden Schreckensschrei vergessen, den die Maus ausstieß, die sie in der Wohnung gefunden hatte, als sie die draußen schlafende Manki rief und ihr die Maus unterm Schrank zeigte. Der aussichtslose Kampf dauerte eine Ewigkeit. Sie hat sich tapfer gewehrt, die mutige kleine Maus, und Elsa hat noch heute ein schlechtes Gewissen.

Das war dann auch der Grund, weswegen sie einer anderen Maus nicht nur das Leben rettete, sondern ihr auch noch ein ausgesprochenes Wohlleben ermöglichte. Dieses Tierchen hatte sich auf der Flucht vor der Katze unter dem Ablauf in der Küche versteckt. Das war ein sehr weiträumiges, unzugängliches Refugium. Manki saß davor und gab Elsa unmissverständlich zu verstehen, dass da unter der Spüle ihre Beute sitze. Aber sie beide konnten sie nicht erreichen. Elsa gab den Versuch bald auf, weil sie dachte, der Hunger werde die Maus sicher zwingen, hervorzukommen. Als sie dann aber sah, dass diese in ihrer Verzweiflung sogar das Stück Seife angeknabbert hatte – am Mülleimer kam sie nicht hoch –, bekam Elsa Mitleid.

Das Einfachste, was jeder normale Mensch wohl getan hätte, wäre ja gewesen, nun eine Mausefalle aufzustellen. Aber Elsa wollte nicht töten, also dachte sie an eine sogenannte Lebendfalle. Die war nicht so schnell aufzutreiben, und inzwischen war es draußen eiskalt geworden. Der Schnee lag hoch, der Boden war gefroren. Also legte Elsa Käsestückchen und Nüsse für das Mäuschen aus. Als dann Tauwetter einsetzte und inzwischen die Falle zum Lebendfang der Maus besorgt war, beschloss sie, diese lästige Mitbewohnerin endlich hinauszubefördern. Es wurde auch höchste Zeit, denn unterm Ablauf in der Küche roch es bereits ziemlich unangenehm.

Die Falle funktionierte prompt und ausgezeichnet. Zu Elsas Überraschung saß darin ein so fettes Mausevieh, wie sie es noch nie gesehen hatte. Sie trug die Falle samt Inhalt in die Sinai-Wildnis und ließ die Gefangene frei. Sobald die Maus merkte, dass die Falle offen stand, hopste sie mit großen Freudensprüngen in die Freiheit. Ob sie die lange genießen konnte, ist zwar fraglich, aber Elsa fühlte sich gut, obgleich sie später so manchen Spott wegen dieser Geschichte über sich ergehen lassen musste.

Zu Elsa entwickelte Manki ein eher distanziertes Verhältnis. Sobald sich aber der Hausherr aufs Sofa legte, kuschelte sie sich zunächst in seine Achselhöhle. Berauscht von dem männlichen Geruch setzte sie sich sodann auf seine Brust und schaute ihm lange in die Augen. Er verstand gut, was sie ihm sagen wollte: *Wir gehören zusammen. Wir sind füreinander geschaffen.* So ausdrucksstark und eindringlich wie von Manki sei er noch niemals von einem Menschen angesehen worden, versicherte er.

Manki – eine sehr selbstbewusste Katzenpersönlichkeit. Sowie die

Treppe zum Dachboden heruntergelassen wurde, drängte sie den Menschen beiseite. Elsa amüsierte immer wieder, wie sie mit erotischem Hüftschwung vor ihr die Bodentreppe erklomm. Dort oben roch es vermutlich recht interessant nach Vögeln, die irgendwo außerhalb des Bodenraumes im Dachgebälk nisteten.

In jener Zeit verkleinerte sich die Familie. Die Großmutter war gestorben, und die Kinder gingen ihre eigenen Wege. Das Ehepaar war noch berufstätig, und Manki viel allein zu Hause. Wenn sie nicht schlief, suchte sie Kontakt zu den Nachbarn. Später erfuhr Elsa, dass besonders eine einsame alte Frau ihr viele Leckereien zusteckte. Auf Elsas Bitte, die übermäßige Gabe von Milch zu unterlassen, da Katzen das nicht vertrügen, wurde die Frau richtig wütend. Sie hätte ihre Katzen immer mit Milch gefüttert, und es hätte ihnen nicht geschadet. Sie bezichtigte Elsa mangelnder Tierliebe.

Bald zeigte sich, dass Manki andauernd unter großem Durst litt. Sie sei zuckerkrank, stellte der Tierarzt fest. Elsa lernte, ihrer Katze die tägliche Insulinspritze zu geben; beugte sich Manki gerade über ihren Fressnapf, bekam sie also einmal am Tag eine Spritze verpasst. So hat sie noch ein paar Jahre gelebt. Dann grub sie sich eines Tages im Garten, unter der Fichte, eine Mulde, presste sich an die Erde und schlief dort tief und ausdauernd. Gelegentlich kam sie noch in die Küche, trank, holte sich Streicheleinheiten ab und fraß auch ein ganz klein wenig.

Plötzlich konnte sie ihr Wasser nicht mehr halten. Als Elsa sie in ein Windeltuch packte, stellte sie fest, wie unheimlich leicht Manki geworden war. Der Tierarzt setzte eine ernste Miene auf und empfahl den Gnadentod. Er ließ Elsa mit der Katze allein. Manki wollte keine

Umarmung mehr. Sie schien weit weg zu sein. Dann kam der Mann mit der schwarzen Spritze. Seine Helferin verließ entsetzt das Zimmer. Noch einmal blickte Manki mit ihrem unbeschreiblich innigen Ausdruck Elsa tief in die Augen. Ganz schnell ist sie still gestorben. Ihre Familie hat sie im Garten unter der Fichte begraben.

***

Als Elsa das Kapitel über ihre Katzen zu Ende geschrieben hat, sind Tränen in ihren Augen, und sie fragt sich, ob das den Lesern wohl auch so gehen werde. Dass sie darüber traurig werden, ist eigentlich nicht Elsas Absicht, im Gegenteil. Mit ihren Tiergeschichten möchte sie Menschen trösten. Aber gewiss ist doch, dass jedes Leben, auch das von Tieren, irgendwann einmal endet.

„Sei tapfer, Elsa", sagt sie sich. „Nun bist du über achtzig Jahre alt; blicke also der Realität fest ins Auge. Minka und Manki haben es doch auch getan."

Als sie später vor die Tür tritt, liegt etwas in der Luft: Frühling! Eine unbändige Freude erfüllt sie. Sie beschließt, ihre alte Gewohnheit wieder aufzunehmen und durch die Sinai-Wildnis zu streifen. Der Schnee ist überall weggetaut. Sie erkennt das vertraute Gelände wieder. Im ersten Moment steigen erneut traurige Gedanken in ihr auf: *Ein Spaziergang ohne Hund ... Das hat doch wirklich keinen Sinn.* Dann fällt ihr Blick auf das erste Grün, dazwischen grüppchenweise Schneeglöckchen und gelber Hahnenfuß. Also atmet sie tief durch und schlendert weiter. Im Gehen erinnert sie sich an geliebte Menschen und an Tessy, ihren letzten Hund. In ihrer Fantasie begleitet er sie von nun an immer in der Wildnis.

Sie nimmt ihren Gedankenfaden über Alter und Tod wieder auf: Dieses Frühlingserwachen der Natur gibt nun schon seit Jahrtausenden den hier lebenden Menschen nach einem langen kalten Winter ihren Lebensmut zurück. Nicht nur das; die Erfahrung, dass nach jedem Winter auch wieder Frühling und Sommer kommen werden, hat sie die lange dunkle Zeit besser ertragen lassen. Auch Elsa empfindet so etwas wie Dankbarkeit und sie fühlt, dass das Leben mit Sicherheit immer irgendwie weitergehen wird. Auch ihr individuelles Leben? An diesem Gedanken bleibt sie hängen. So mögen die Religionen entstanden sein, mit dem Glauben an Auferstehung und ein Weiterleben nach dem Tod – der Natur abgeschaut, überlegt sie.

Ihr fallen Gespräche ein mit Freundinnen. Solange sie jung waren, war Religion nicht wirklich ein Thema. Trotzdem erinnert sie sich, dass bei jeder eigene Vorstellungen darüber anklangen, die sich selten mit denen der Kirchen deckten. Elsa fand das damals einen eher belanglosen Zeitvertreib. Jetzt, da sie so alt geworden ist und es einfach nicht fertigbringt, unter solche Zukunftsgedanken einen Schlussstrich zu setzen, überrascht sie sich öfter dabei, wie sie sich ihre Zeit nach dem Tod ausmalt. Schön würde sie sein – diese Zeit in einem zeitlosen, unendlichen Traumland, in Gemeinschaft mit allen geliebten Wesen aus dem Leben.

Eines stand nämlich fest für sie: Wenn überhaupt, würde es auch für die Tiere ein Weiterleben nach dem Tode geben. Sie musste sich eingestehen, dass der Gedanke an ein endgültiges Ende sie eigentlich auch nicht sehr schreckte. Sie würde das ja wohl gar nicht mitbekommen. Aber schön wäre es doch, alle Geliebten wiederzutreffen. Aber was ist eigentlich mit den anderen, die man am liebsten ganz aus der Erinnerung streichen würde?

In der Stille der Nacht wacht Elsa manchmal plötzlich auf und kommt ins Grübeln. Immer wieder ist sie überrascht, wer alles ihr in vergangenen Träumen erschienen ist, wie detailliert und mit allen Eigenheiten. Selbst lange vergessene Begebenheiten mit Menschen und Tieren aus fernen Kindertagen stiegen im Traum aus tiefstem Unterbewusstsein auf. Irrationales Geschehen und absurde Problemstellungen hielten sich in Grenzen. Selbst ganz bizarre Situationen lösten sich am Ende glücklich auf. Nur selten waren es unangenehme Träume, die ihr die morgendliche Laune verdarben. Meistens wacht sie zufrieden, ja fast beglückt auf. Ungefähr so könnte es in einem Jenseits zugehen. Elsa findet diese Vorstellung unterhaltsam, sie gefällt ihr. Wenn sie sich überlegt, wie alt der Jenseitsglaube der Menschen schon ist, kann sie sich auch vorstellen, dass er das Überleben der Menschheit positiv beeinflusst hat. Vor dem Einschlafen kuschelt sie sich gern in Gedanken in das Fell eines ihrer Lieblingstiere, grüßt alle geliebten Lebenden und Toten und taucht ab ins herrliche Traumland.

Elsa ist dankbar, ganz ohne Angst vor Sünde und Höllenstrafen aufgewachsen zu sein, ein besonders gutes Erinnerungsvermögen zu haben und natürlich auch eine große Portion Fantasie, was ihr kreative Tätigkeiten erleichtert – das beste Mittel gegen Ängste, die das Alter zwangsläufig begleiten. Sie beschließt, ihre gesammelten Tiergeschichten mit den Erinnerungen an ihre beiden letzten Hunde zu beenden.

Shira und Tessy – heiß geliebt und unvergessen

Verständlich, dass bald der Wunsch entstand, die Lücke zu schließen, die der Tod von Manki gerissen hatte. Die beiden Alten waren inzwischen Rentner mit viel Zeit zum Spazierengehen und Wandern.

Ein Hund sollte also angeschafft werden, ein Hund aus dem Tierheim, ein liebes dankbares Wesen, kein Räuber, der seine kaum noch lebende Beute mit nach Hause bringt. Sie horchten sich um und besorgten entsprechende Literatur.

Nur mal reinschauen wollten sie in so ein Tierheim. Dieser Wunsch führte sie zum Tierheim Elisabethenhof vom „Bund gegen Missbrauch der Tiere e. V." Als sie an den Behausungen der Hunde vorbeigingen, hätte Elsa am liebsten die Hälfte der Tiere mit nach Hause genommen. Ihr Partner aber war vor einem bestimmten Gehege stehen geblieben; drinnen ein mittelgroßer schwarzer Mischling. Die beiden hatten ihre Blicke tief ineinander versenkt, und es war klar: Hier hatten sich zwei gefunden. Die Hündin hatte sofort erkannt: *Das ist der Mensch, auf den ich lange gewartet habe.* Bei beiden Liebe auf den ersten Blick.

Auch Elsa wurde von diesem innigen Blick betört. Nun musste nicht weiter gesucht werden. Shira hieß die Hündin. Sie war schon sieben Jahre alt; mindestens fünf davon hatte sie allein auf den Straßen Madrids gelebt, anscheinend trotzdem keine schlechten Erfahrungen mit Menschen gemacht. Sie war freundlich und anschmiegsam und sofort bereit, mit diesen Fremden mitzugehen. Nach einem ausführlichen

Gespräch mit den Tierpflegern durften sie den Hund mitnehmen. Elsa erklärte sich bereit, Shira dreimal täglich auszuführen und auch die sonstige Betreuung zu übernehmen. Eine Schwierigkeit stellte sich allerdings bald heraus: Shira war eine Streunerin gewesen. Sie liebte ihre Menschen zwar, schien aber zu glauben, notfalls auch allein durchs Leben kommen zu können.

Nachdem die Probezeit verstrichen war, und sie auch recht gut gehorchte, durfte Shira in der nahe gelegenen Wildnis ohne Leine laufen. Dabei geschah es immer wieder, dass sie plötzlich verschwand und auch auf lautes Rufen nicht wieder auftauchte. Elsa verzweifelte dann fast, durchkämmte die Wildnis, befragte die Spaziergänger. Die Angst um Shira legte sich erst, als sich herausstelle, dass sie den Weg nach Hause auch allein fand. Nur dauerte es manchmal sehr lange, bis sie wieder auftauchte. [Abb. Shira – Straßenhund aus Madrid]

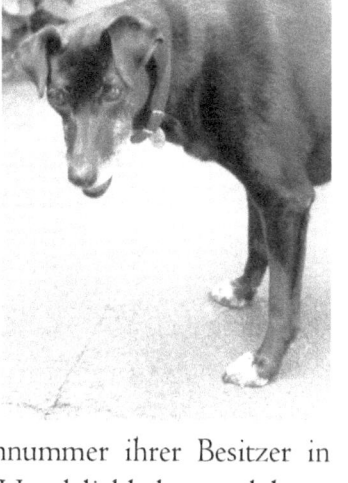

Wo mochte sie nur so lange gewesen sein? Das Rätsel löste sich, als der Besitzer eines Obst- und Gemüsestandes anrief: „Sie können Ihren Hund bei mir abholen." Zum Glück stand die Telefonnummer ihrer Besitzer in Shiras Halsband. Dieser Mann war ein Hundeliebhaber und hatte außer freundlicher Ansprache auch immer etwas zum Naschen für Shira parat. Das hat sie sich natürlich gemerkt und zog dann auch auf eigene Faust los. Das nächste Mal sperrte der Mann sie in den dunklen, engen Lagerraum hinter seinem Stand; das wirkte, denn daraufhin gab sie die Besuche bei ihm auf. Aber in der Nachbarschaft befanden sich ja einige Schulhöfe, und dort gab es auch immer gute Sachen zu finden. So gut schmeckten aber die meist sehr trockenen Brote wohl auch wieder nicht, und Shira verlor die Lust daran. Aber Elsa wusste bald sehr genau, wo jeweils sie ihren Hund suchen musste. So haben sich Herrin und Hund bald bestens arrangiert.

Schwierig wurde es, als Elsa mit Shira auch Ausflüge in die weitere Umgebung unternahm. Anfänglich ließ sie Shira nicht von der Leine, aber im Niddapark waren so viele Hunde unterwegs, die friedlich miteinander spielten; da wollte Elsa ihrem Hund auch eine Freude machen. Sie dürfte ihn eben nicht aus den Augen lassen, nahm sie sich vor. Shira aber war unglaublich raffiniert. Elsa war nur eine Sekunde abgelenkt … schon war die Hündin wie vom Erdboden verschluckt. Elsa rief nach ihr und wartete eine Ewigkeit an der Stelle, wo sie sie zuletzt gesehen hatte. Schließlich machte sie sich auf den Heimweg. Da …! Am Ausgang des Parks sah sie schon von Weitem einen schwarzen Punkt. *Das könnte Shira sein …* Und tatsächlich stand sie da mit einem unheimlich traurigen Gesicht, doch als sie ihr Frauchen erkannte, war ihre Freude riesig.

Elsa umschlang sie und sagte streng: „Das machst du nicht noch einmal!" Das nützte aber nichts. Ihre Beziehung bestand von nun an aus vielen Abenteuern mit Suchen und Finden, die aber immer glücklich ausgingen.

Eines Tages, als es schon etwas dunkelte, war Elsa völlig verzweifelt vom Niddapark nach Hause gefahren. Dort überlegten Shiras Besitzer gerade, ob es Sinn machen würde, in der Nacht noch einmal im Park nach dem Hund zu suchen. Doch da kam ein Anruf: „Hier hängt ein Hund herum, der Ihre Telefonnummer am Halsband trägt.

Wollen Sie ihn nicht abholen? Sonst nehme ich ihn mit nach Hause."

Elsa fuhr sofort los. Am Wasserhäuschen vorm Niddapark standen ein paar Männer, die schon einiges gebechert hatten. Der Kioskbesitzer berichtete, dass, als er seinen Stand gerade schließen wollte, einer der Penner gesagt habe, er möge Hunde und würde diesen, der nun hier schon so lange herumbettele, gern mitnehmen. Dann habe er aber doch Zweifel bekommen, weil so ein Hund ja auch Kosten verursacht. Gemeinsam hätten sie sich den Hund näher angeschaut und die Telefonnummer in seinem Halsband entdeckt. Er habe diesem Mann dann klar gemacht, dass da vielleicht sogar etwas für ihn herausspringen könne. Die dankbare Elsa zeigte sich dann auch spendabel.

Shira badete begeistert in jedem sich bietenden Gewässer, und ihre Menschen hatten viel Spaß mit ihr in einem der Baggerseen bei Frankfurt. Auch in das Wasser der Nidda, des Flusses, nach dem der Park benannt ist, tauchte sie ihre Pfoten gern, wenn sie am Ufer spazieren gingen. Elsa schaute einmal nur einen kurzen Moment weg, beobachtete ihren Hund nicht … schon war er verschwunden. Plötzlich sah sie in der Mitte des Flusses etwas Schwarzes schwimmen.

Shira kam sofort, als sie ihren Namen hörte, schüttelte das Wasser aus dem Fell und tat, als wäre nichts gewesen.

Mit großem Erfolg grub Shira nach Mäusen. Dabei verschwand sie fast gänzlich im Mauseloch. Junge Mäuse schmeckten ihr nicht nur besonders gut, sondern erinnerten sie wahrscheinlich auch daran, wie gut die einst in Spanien gegen ihren großen Hunger geholfen hatten.

Das muss auch noch gesagt werden: Shira war keine ausgesprochene

Schönheit, kein Vorzeige- oder Prestigehund. Sie hatte einen leicht unharmonischen Körperbau, mit zu breiten Schultern im Vergleich zu den Hüften. Das war wohl auch der Grund gewesen, weshalb sie so lange in Spanien allein auf der Straße gelebt hatte. Diesen körperlichen Nachteil kompensierte sie allerdings mit einem besonders intensiven, ausdrucksstarken Hundeblick. Nur ganz selten kränkten primitive junge Männer Elsa mit der Bemerkung, dass das doch ein hässlicher Hund sei. Trotzdem erntete Shira oft sogar Entzücken; ihr Selbstbewusstsein war entsprechend ausgeprägt.

Ihre beiden Menschen unternahmen gern große Wanderungen mit ihr und lernten sie immer besser kennen. Allerdings hatte sie die Angewohnheit noch nicht aufgegeben, urplötzlich verschwunden zu sein. Aber Elsa wusste inzwischen, wohin es sie meistens zog. Also ging man der Nase nach – dorthin, wo Menschen grillten oder beim Picknick saßen, da war Shira dabei. Allerdings liebte sie auch für menschlichen Geschmack sehr eklige Dinge. Das kostete dann einige Überwindung, bis man sie wieder liebkosen konnte.

Ja, und dann war sie einmal im Odenwald wirklich nicht mehr zu finden. Eben war sie noch fröhlich neben den Menschen her getrabt und dann plötzlich weg. Weit konnte sie doch wirklich noch nicht sein. Neben der Straße ein kleiner Graben mit nur wenig Wasser darin. Elsa ging ihn entlang bis an die Stelle, wo er in einem Betonrohr endete, und horchte. Und tatsächlich, sie vernahm einen Jammerlaut, schaute hinein in die dunkle Röhre, konnte zunächst aber nichts erkennen. Dann bewegte sich da etwas – das könnte ein Hundeschwanz sein …

Glücklicherweise war Shira bereits ziemlich am Anfang des Rohres stecken geblieben. Gemeinsam bemühten sich die beiden Menschen, sie herauszuziehen, doch erwies sich das als nicht ganz einfach. Elsa musste ziemlich weit hineinkriechen. Erst zog sie an Shiras Hinterteil und Schwanz, das brachte aber nichts. Dann gelang ihr, mit dem Arm an ihr vorbeizulangen, und sie erwischte das Halsband. Vorsichtig konnte sie so den Hund langsam herausziehen. Shira tat erst sehr jämmerlich. Es waren aber keine Verletzungen an ihr zu finden, und dann kehrten auch ihre unbekümmerte Lebensfreude und ihr Übermut zurück, als wäre nichts gewesen.

Ein anderes Mal, als Mensch und Tier einen dicken Baumstamm entlangbalancierten, fiel sie in den darunterliegenden Graben. Der war nicht sehr tief, ein weicher mit Laub bedeckter Waldboden. Trotzdem blieb Shira liegen. Die Menschen untersuchten sie und konnten keine Verletzung feststellen. Als sie aber keine Anstalten machte, aufzustehen, nahm ihr Herrchen sie auf den Arm und trug sie. Sie wog immerhin so um die dreizehn Kilogramm. Nach einer Viertelstunde hatte sie genug und begann zu zappeln. Als sie auf die Erde gesetzt wurde, lief sie vergnügt weiter – gerade wieder so, als wäre nichts geschehen.

Shira lebte sieben Jahre lang ein glückliches Leben als Familienhund in Deutschland. Bedingt wahrscheinlich durch die schlechte Ernährung in ihrer Jugendzeit und weil sie in unbeaufsichtigten Momenten immer wieder zweifelhafte Dinge fraß, litt sie leider oft unter Verdauungsstörungen. Nun im Alter verschlimmerte sich dieses Leiden ungeachtet aller tierärztlichen Bemühungen. Eines Abends, als sie Elsa wieder einmal ganz tiefsinnig und bedeutsam anschaute, erkannte sie plötzlich: *Mein geliebter Hund ist schon vom Tod gezeichnet.* Beim Spaziergang wurde Shira kurz von heftigen Krämpfen geschüttelt, lief aber noch tapfer und anscheinend fröhlich mit nach Hause. In der Nacht darauf ist sie gestorben.

Sie ist vierzehn Jahre alt geworden, was ja doch ein gutes Hundealter ist, und hat ihre letzten Lebensjahre sicher noch sehr genossen. Trotzdem war die Trauer ihrer Menschen groß. Elsa hätte nie gedacht, dass ein Tier zu verlieren auch so weh tut. Es ging ein Stück vom Herzen mit, ähnlich wie beim Tod eines geliebten Menschen.

✻✻✻

Die beiden Alten hatten ihre Trauer noch nicht richtig abgeschlossen, als ein Brief vom Tierheim Elisabethenhof eintraf, dem ein Foto beilag: „Eine Hündin, ein Ebenbild von Shira, sucht eine neue Familie …"

Sie haben nicht lange überlegt. Das schien ein Wink des Schicksals  zu sein; wie könnten sie Shiras besser gedenken, als ihresgleichen wieder aufzunehmen und ihm Gutes zu tun? So begann das Kapitel „Tessy" in ihrem Leben. Das Erste, was sie lernen mussten, war, dass Hund nicht gleich Hund ist, wenn sie sich äußerlich auch noch so sehr ähnelten. [Abb. Tessy]

Tessy war von ihrem vorherigen Besitzer wohl geliebt und gut erzogen worden, trotzdem hatte er sie für einen Kasten Bier hergegeben. Das wusste sie natürlich nicht, aber verzweifelt schien sie auch nicht zu sein. Selbstbewusst war sie bereit, sich in dem neuen Rudel mit den Menschen einen guten Platz zu erobern. Leider gab es da einige Hindernisse. Zum Beispiel war die Treppe etwas ganz Neues für sie. Verdutzt stand sie davor. Dann nahm sie mutig Anlauf, schaffte es hoch, doch hätte der Schwung ausgereicht, um durch das offene Fenster des Nebenzimmers gleich wieder ins Freie zu gelangen. Zum Glück stand dort Elsa bereit, fing sie auf und zeigte ihr, dass es von da ziemlich weit hinuntergeht, weil sie sich im ersten Stock des Hauses befand. Es dauerte eine Weile, bis Treppen für Tessy nichts Unheimliches mehr bedeuteten.

Sie musste viele neue Erfahrungen sammeln, denn als Hund, der zuvor mit einem Obdachlosen in Heidelberg gelebt hatte, war ihre Erlebniswelt ziemlich eingeschränkt gewesen. Sie hatten wohl nur ein oder zwei feste Plätze in der Stadt, die sie immer wieder aufsuchten. Tierfreunden tat der Hund leid. Sie kauften ihn dem Mann ab und brachten ihn ins Tierheim.

Am Abend des ersten Tages nahm Elsa Tessy mit in ihr Schlafzimmer und zeigte ihr Shiras Körbchen am Fußende des Bettes. Tessy legte sich willig hinein und harrte der Dinge, die noch geschehen würden. Als Elsa aus dem Bad kam, lag Tessy jedoch im Bett, bereit, diesen Platz zu verteidigen, sah dann aber ein, dass Elsa die Stärkere ist. Im Hundekörbchen lag sie dann und weinte leise vor sich hin. In der Nacht wachte Elsa auf und spürte den Hund, fest an sie gekuschelt und zufrieden schnarchend. Konnte da ein Mensch weiterhin so herzlos bleiben? Es stellte sich heraus, dass Tessy ein geübter, rücksichtsvoller Mitschläfer war. Das also hatte sie von ihrem früheren Herrn gelernt.

Das eigentliche Problem stellte sich erst heraus, als Elsa mit Tessy an der Leine in der Wildnis spazieren gehen wollte. Tessy hasste offenbar alle Hunde. Sowie sie einem anderen Hund begegneten, veranstaltete sie ein furchtbares Theater, als wäre größte Gefahr im Anzug. Sie knurrte, bellte, zeigte ihre Zähne und zog an der Leine, sodass Elsa sie kaum halten konnte. Kein Zweifel, Tessy war zum Äußersten bereit. Was tun? Im Tierheim wurde Elsa mitgeteilt, dass sie nichts Außergewöhnliches an dem Tier festgestellt hätten. Sie solle eben die Eingewöhnungsphase abwarten. Später zweifelten sie an Elsas Fähigkeit für eine adäquate Hundehaltung. Aber war sie nicht mit Shira sehr gut zurechtgekommen?

Inzwischen arrangierte sie sich mit Tessy, die verstanden hatte, wer Herrin und wer Hund war. Brav führte sie alle Befehle aus – nur einen nicht. Jeder andere Hund war und blieb Ziel ihrer Aggressionen. Elsa suchte Rat in einer Hundeschule. Doch nachdem ihr Hund dort sein freundliches Wesen vorgeführt hatte, glaubten die Hundelehrer wohl ebenfalls, dass sie es nur mit einer unsicheren älteren Dame zu tun hätten. Tessy wurde also von ihnen von der Leine genommen und nach freundlichem Zuspruch – trotz Elsas Protest – das Gatter geöffnet und Tessy in die Welpenschule hineingelassen. Dort stürzte sie sich wie ein Berserker auf den erstbesten Welpen; nur mit Mühe konnte der Hundeschulleiter sie zurückreißen.

„Warum tun Sie sich so einen Hund an?", fragte er Elsa. Sie hat sich das auch immer wieder gefragt. Die Antwort ist einfach: Tessy hatte längst ihr Herz erobert.

In der Hundeschule war man bereit, den Hund erst einmal zu testen. Also musste Frauchen warten, während zwei Personen einen längeren

Spaziergang mit Tessy unternahmen. Sie kamen zurück und strahlten: Das sei ja ein ganz ausgezeichneter Hund, lieb, sanft, gehorsam und anpassungswillig.

Elsa war bereit, Geld für Einzelunterricht auszugeben. Es hat sie ein kleines Vermögen gekostet. Tessy blieb wild, ungezähmt und rabiat anderen Hunden gegenüber. Mit ihrer Herrin hatte sie inzwischen eine innige, liebevolle Beziehung aufgebaut. Aber jeder Spaziergang wurde für diese zur Qual. Einmal hat Tessy sie in den Finger gebissen, denn Elsa hatte getan, was man auf keinen Fall tun darf. Sie hatte aus Angst um ihren Hund in einen Hundekampf eingegriffen. Tessy war auf eine Boxerhündin losgegangen. Die hatte sich das natürlich nicht gefallen lassen, und so tobte ein gefährlicher Kampf, der für Tessy schlimm auszugehen drohte. Nicht die fremde Hündin, sondern Tessy hat ihre Herrin gebissen. Elsa war bereit, ihr zu verzeihen, weil ihr Hund das ja nicht mit Absicht getan hatte.

Elsa bekam immer viele gute Ratschläge von anderen Hundehaltern. So meinten sie zum Beispiel, Tessy sei nur das Gehen an der Leine nicht gewöhnt. Deshalb ließ Elsa sie nach Möglichkeit frei laufen und nahm sie nur an die Leine, wenn sie von Weitem einen anderen Hund sah. Alle Spaziergänge wurden auf diese Weise zu einem echten Stressunternehmen. Elsa litt mittlerweile schon unter Schlaflosigkeit und fürchtete sich vor jedem neuen Morgen.

Noch einmal wurde Elsa von Tessy gebissen, und dieses Mal war es nicht zu entschuldigen. Tessy hatte sich auf einen sehr alten lahmen, fast blinden kleineren Hund einer Nachbarin gestürzt. Das konnte Elsa nicht zulassen. Tessy biss sie heftig. Zum ersten Mal schlug Elsa sie richtig und war wütend. Tessy merkte das wohl und bat inständig um Verzeihung. Sie versöhnten sich zwar wieder, aber trotzdem war Elsa entschlossen, den Hund ins Tierheim zurückzugeben.

Ausführlich besprach sie sich aber zuvor mit einer Frau, die sie immer wieder bei ihren Spaziergängen traf und die auch einen Hund aus dem Tierheim Elisabethenhof hatte. Diese Frau verfügte über viel Erfahrung mit schwierigen Hunden, weil sie hin und wieder noch in dem Tierheim arbeitete. Sie bot an, Elsa praktisch zu helfen. Dazu fuhren sie mit ihren Hunden im Auto in den Niddapark. Tessy tobte im Auto wie eine Verrückte, die anderen Hunde aber nahmen keine Notiz von ihr.

Sie stiegen aus. Tessy bekam einen Maulkorb verpasst und wurde auf der Hundewiese freigelassen. Elsa hatte große Angst, weil sie fürchtete, ihr aggressiver Hund sei nun hilflos und könnte von den anderen Hunden übel zugerichtet werden. Doch kein Hund tat Tessy etwas; sie standen nur etwas erstaunt um das tobende Raubtier herum, das nach ihnen zu schnappen versuchte. Gemeinsam mit der Bekannten und ihren Hunden gingen sie nun auf der Wiese zwischen all den anderen Hunden spazieren, und Tessy merkte, dass sie ganz unwichtig war, kaum beachtet wurde und ihr von nirgendwoher Gefahr drohte. Schon auf der Heimfahrt freundete sie sich mit den anderen Hunden im Auto an und war von dem Tag an wie verwandelt – geheilt!

Die nette Tierarzthelferin konnte kaum glauben, dass dies die böse Tessy von früher sein sollte und viele Hundebesitzer vermochten ihre Scheu und ihr altes Misstrauen nicht sofort abzulegen. Es hat ja auch über ein halbes Jahr gedauert, bis aus dem bösen kleinen schwarzen Hund die liebe Tessy geworden war, die jedermann schätzte.

Zuvor musste Elsa allerdings noch ein allerletztes Exempel statuieren. Als Tessy doch noch einmal auf ihren Erzfeind losging, packte Elsa sie, drehte sie auf den Rücken und griff ihr an die Kehle. Tessy verstand diese Sprache sofort, ihr Rivale auch, aber Passanten, die die Szene beobachteten, empörten sich. Es ist immer schwer, es allen Leuten recht zu machen. Als Mensch mit Hund ist man ja eine Person von öffentlichem Interesse. In Erziehungsfragen, das können auch Mütter bestätigen, ist jeder Erwachsene ein Experte.

Von nun an war Tessy eine fröhliche, unbeschwerte Begleiterin ihrer Besitzer. Die wanderten gern mit ihr die Hänge des Taunus hinauf oder das Ufer der Nidda entlang. Im Gegensatz zu Shira war sie überaus wasserscheu. Selbst bei größter Hitze hielt sie nicht einmal die Pfoten ins Wasser. Nie entfernte sie sich von ihrer Familie, spielte aber gern ausgelassen mit anderen Hunden und gehorchte aufs Wort. Kurz, dieser Hund war die reine Freude. Die beiden Alten blühten noch einmal richtig auf. Zu einem ähnlichen Hund aus der Nachbarschaft, dem Rüden Nero, entwickelte Tessy eine regelrechte Liebe. Sie turtelten, küssten sich und liefen wie ein Pärchen betulich die Wege des Sinai-Parks lang.

Elf Jahre lang haben Tessy und Elsa einträchtig fast täglich die Sinai-Wildnis durchstreift. Allerdings gibt es noch heute ein paar Menschen, die nicht wissen oder glauben wollen, dass sich Tessy damals so grundlegend gewandelt hat, und es Elsa immer noch übel nehmen, dass ihr einst ein bissiger Hund gehörte.

Es war aber nicht so, dass Tessy alle unangenehmen Erfahrungen ihres früheren Lebens vergessen hätte. Als sie einmal mit Elsa eine Straße in der Siedlung entlanglief, blieb sie erschrocken stehen und ließ sich mit nichts bewegen, weiterzugehen. Vor ihnen stand ein Kastenwagen mit weit geöffneter hinterer Luke. Elsa musste Tessy an der Leine vorsichtig an dem Ungetüm vorbeiführen. Als sie, unbeschadet daran vorbeigekommen, wieder von der Leine durfte, konnte sie sich vor Freude kaum beruhigen. Sie führte um die im Vorgarten stehenden Möbelstücke eines Umzuges einen wahren Freudentanz auf. Einem großen kräftigen Möbelpacker passte das gar nicht. Mit wutverzerrtem Gesicht schrie er Elsa an, sie solle sofort ihren Köter an sich nehmen, sonst würde er ihn packen und mit dem Kopf so an die Laterne hauen, dass die Gehirnmasse nur so herausspritzen würde. Elsa erschreckte dieser Ausbruch von Hundehass fürchterlich. Mit Shira hatte sie schon einmal Ähnliches erlebt. Damals hatten zwei Männer, sie saßen im Grünen und brieten auf einem Grill ein Stück Fleisch, Elsas Hündin mit einem großen Schlachtermesser bedroht. Elsa, die nichtsahnend langsam hinter ihrem Hund daherkam, musste mit der Polizei drohen, damit sie ihr Messer wegsteckten. Sie hätten sich bedroht gefühlt, behaupteten sie, und würden sich auch von kleinen Hunden nichts gefallen lassen. Das waren aber Ausnahmen. Sonst machte Elsa die Erfahrung, dass sie dank ihres Hundes meistens bald im Mittelpunkt des wohlwollenden Interesses stand.

Mit fünfzehn Jahren begann Tessy sichtlich zu altern, blieb aber weiterhin frohgemut und lebhaft. Sie hatte jetzt eine weiße Schnauze. Dann, sie war inzwischen an die siebzehn Jahre alt, begann sie die Hinterbeine nachzuziehen; kein Zweifel – sie lahmte, aber Schmerzen hatte sie offenbar keine. Eine Hundekrankheit, die eigentlich nur große Hunde befallen würde, meinte die Tierärztin. Die Ursache läge in den unteren Bandscheiben und den Hüftknochen, die wohl abgenutzt seien. Auch in der Tierklinik, wo Tessy unter Narkose der Zahnstein entfernt wurde, versicherte man Elsa, dass da nichts mehr zu machen sei. Leider, aber das Tier leide ja keine Schmerzen. Von ihrem Herrchen ließ sie sich jetzt oft und gern tragen. Das Treppensteigen ging noch einigermaßen, wenn Elsa sie am Hinterteil schob. Aber irgendwann ging gar nichts mehr. Das schien Tessy viel weniger auszumachen als ihren Besitzern, die ziemlich ratlos waren, wenn der freudig wedelnde Hund mitkommen wollte, aber dauernd auf den Hinterbeinen einknickte. Im Internet fanden sie einen Hinweis auf Hilfe für behinderte Hunde. Keine Frage, ein Hundebuggy musste her. Dass der nun ausgerechnet pinkfarben war, wurde in Kauf genommen. Dafür war er nicht teuer und gefiel Tessy auf Anhieb. Begeistert ließ sie sich hineinsetzen und in die Sinai-Wildnis fahren. Die meisten Spaziergänger freuten sich über den Anblick des schwarzen Hundes in dem Wägelchen. Tessy schaute meistens neugierig heraus und nahm interessiert wahr, was sich um sie herum abspielte. Sie begrüßte ihre Bekannten, ob Mensch oder Tier, und manch ein Artgenosse, der zu neugierig oder respektlos zu nahe herankam, wurde angebellt. Oft sahen die Leute erst, wenn sie nähergekommen waren und genauer in den Wagen hineinschauten, dass da ein Hund darin saß, kein Kind; dann lachten sie amüsiert. Es gab aber ein oder zwei Ausnahmen. Zwei Frauen, die selbst öfter mit ihren zwei großen Hunden unterwegs waren, drohten Elsa schließlich, sie würden sie bei der Polizei wegen Tierquälerei anzeigen. Die Polizei kam allerdings nie.

Elsa fuhr mit Tessy meist tief in die Wildnis hinein und nahm sie dann aus dem Wagen, damit sie ihr Geschäft verrichten und sich auch ein bisschen Bewegung verschaffen konnte. Der Anblick des gelähmten Tieres, das die Hinterbeine hinter sich herzog und im Lauf der Zeit nur noch krabbeln konnte, war für andere Menschen erschreckend. Tessy hatte offensichtlich wirklich keine Schmerzen, jedenfalls gab sie sich immer gutgelaunt und freute sich auf jede Ausfahrt. Verzögerte sich die aus irgendeinem Grund, schleppte sie sich in der Wohnung zum Wägelchen und zeigte damit an, dass es jetzt aber Zeit für eine Fahrt sei.

Dann begann es, dass sie nachts nicht mehr durchschlief und hinaus musste. Folglich trug Elsa sie in den Garten und wieder zurück ins Bett. Der Einfachheit halber richtete sie sich bald ihr Bett auf dem Sofa im Wohnzimmer her, und Tessy schlief im Körbchen neben ihr. Es kam eine Zeit unruhiger Nächte. Zum Glück war Sommer, und Elsa fand mit der Zeit sogar Gefallen an den warmen, hellen Mondnächten, die sie mit Tessy zeitweilig im Garten verbrachte. Tessy schnupperte herum und inspizierte den Garten. Wenn sie signalisierte, dass es nun genug sei, trug Elsa sie wieder ins Haus. Dabei kuschelten sich Mensch und Tier aneinander und fühlten sich ganz eng verbunden.

Einmal wachte Elsa wegen eines eigenartigen Kratzgeräusches auf. Da war doch Tessy von ihrem Kissen gerutscht, aus dem Körbchen gefallen und bemühte sich nun vergeblich, zurück auf ihre gemütliche Schlafstätte zu gelangen. Schlaftrunken langte Elsa nach ihr und zog sie wieder auf ihren Platz. Tessy dankte es ihr mit so einem innigen, liebevollen Blick, dass Elsa bis in ihre tiefste Seele davon berührt war. Es hätte eigentlich immer so weitergehen können, jedenfalls empfand Elsa das so. Aber Tessy wollte eines Tages doch nicht mehr weiterleben. Irgendetwas hatte sich spürbar verändert. Der traurige Hundeblick war kaum zu ertragen. Tessy wollte nicht mehr fressen, nur noch trinken, dann selbst dies nicht mehr; da half auch der liebevolle Zuspruch ihres Herrchens nicht. Elsa legte sie auf einen ihrer Lieblingsplätze, ganz in der Ecke auf einem kleinen Sofa; da war Platz für ein zufriedenes Tier mit den zwei traurigen Menschen neben sich.

Die Tierärztin, die die mittlerweile uralte Tessy sehr gut kannte, ließ sich den Fall schildern. Es war jetzt Juli; im Dezember jenes Jahres wäre Tessy achtzehn Jahre alt geworden. Sie legte wohl keinen Wert darauf, ihren Geburtstag noch zu feiern. Selbst die feinsten Leckereien lehnte sie ab, sie wurde elend und schlief meistens. *Sollen wir sie langsam dahinsiechen lassen?* Diese Frage beantwortete sie mit einem ganz eindeutigen Blick. Ihre beiden Menschen verstanden ihn.

✻✻✻

Hiermit enden Elsas Tiergeschichten. Jede Geschichte geht ja einmal zu Ende, so wie jedes einzelne Leben auch. Da muss man gar nicht traurig sein.

Mit den Jahren ist Elsa sehr alt geworden und etwas vereinsamt. Anfänglich streifte sie noch allein durch die Wildnis, doch dann verlor auch das für sie seinen Reiz.

Wenn irgend möglich, streckt sie sich jetzt auf dem Liegestuhl im Garten aus, lauscht dem Gesang der Vögel, schaut den Wolken nach, denkt an geliebte Menschen und erinnert sich an all ihre Tiere. Sie begann ja einmal damit, deren Geschichten aufzuschreiben, um sich und andere Menschen zu trösten. Aus diesem Grund berichtete sie auch nicht ausschweifend von ihrer tiefen Trauer um Tessy. Inzwischen fühlt sie sich jedes Mal sofort getröstet, denkt sie an Tessy. Das ist dann für sie ein Moment der Geborgenheit und der Gewissheit, mit dem ganzen Kosmos vereint zu sein.

Anhang: Kurzvorstellung aller Tiere

Bobby – ein großer, schwarzer, wahrscheinlich reinrassiger Hund. Er lebte in Argentinien auf dem Nachbargrundstück von Elsas Verwandten. Bevor Elsa 1950 nach Argentinien kam, hatten zwischen ihm und dem ersten Hund der Verwandten immer wieder erbitterte Rangordnungskämpfe stattgefunden.

Hexe – eine Schäferhündin. Elsa lernte sie 1938 bei ihren Pflegeeltern kennen, in einer für sie sehr unglücklichen Phase, weil sie von ihren Eltern getrennt worden war. Auch Hexe schien unglücklich, weil sie an der Kette liegen musste. Elsa, sieben Jahre alt, freundete sich mit dem Hund an und versuchte ihm sein Schicksal zu erleichtern.

Kay – ein Kater in Argentinien, der Elsas Tante Käthe besonders gefiel, weshalb sie ihn verteidigte, wenn sein Vater, Kater Pümme, ihn brutal vertreiben wollte. Käthe fütterte und streichelte Kay, trotzdem wurde er immer scheuer. Schließlich blieb er ganz weg.

Mauserchen – eine graugetigerte alte Katze in Argentinien, war die Mutter der beiden jungen Katzen Peggy und Teifi; sehr souverän und daher anerkannt von Tier und Mensch. Sie wusste, wie man mit Menschen umgehen muss. Nachts pflegte sie mit einem Menschen in dessen Bett zu schlafen. Ihre besondere Liebe aber galt Pümme, vor ihr die einzige Katze, ein Kater, der argentinischen Verwandten, der jetzt aber uralt und leidend war.

Manki – Elsas dritte eigene Katze in Deutschland nach Nene und

Minka. Sie sah Minka ähnlich, war aber viel zärtlicher und anschmiegsamer, trotzdem eine noch schlimmere Mäuse- und Vogelfängerin als Minka. Nach ihrem Tod im Jahr 1990 beschloss Elsa daher, keine neue Katze mehr anzuschaffen.

Mieze – eine graue unscheinbare Katze, war Elsas Mutter im Jahr 1962 zugelaufen. Mieze war trächtig. Von ihren Jungen behielt Elsa einen Kater, den Nene, für sich. Als dieser heranwuchs, suchte Mieze sich eine neue Familie.

Minka – eine Katze, die zwischen den Häusern einer Frankfurter Vorstadt lebte und offenbar niemandem gehörte. Sie wurde Mitte der Siebzigerjahre von Kindern zu Elsa gebracht, weil keines sie behalten durfte, denn Minka war weder stubenrein noch kastriert. Elsa erzog und versorgte Minka. Als Elsa später mit ihrer Familie in ein Häuschen mit Garten umzog, lebte Minka dort noch fünf Jahre als Freigängerin.

Moni – eine langhaarige braune Mischlingshündin. Elsa lernte sie 1950 bei ihren argentinischen Verwandten kennen. Moni hinkte leicht, war aber trotzdem ein fröhlicher anhänglicher Hund. Sie war der mütterliche Leithund des Rudels.

Nene – ein kleiner grau gestreifter Kater, war Elsas erstes eigenes Haustier in Deutschland. Er wurde 1968 wahrscheinlich durch einen Jäger in einiger Entfernung von Elsas Wohnung erschossen.

Panschi – ein Schäferhundrüde. Der erste Hund von Elsas Verwandten. Elsa hat ihn nicht kennengelernt, da er ein Jahr zuvor vom Betreuer des Nachbarhundes Bobby erstochen worden war.

Panschi II. – wahrscheinlich der Sohn von Moni und Panschi I. Allerdings kleiner und friedlicher als sein vermeintlicher Vater. Wegen seiner Ähnlichkeit mit dem getöteten ersten Panschi hatten die Nachbarn diesen Hund Elsas Verwandten geschenkt.

Peggy – ein junges Kätzchen. Es gehörte Elsas argentinischen Verwandten, war klein und zierlich, forderte aber unaufhörlich seinen Bruder Teifi zum Spielen und Raufen heraus. Der versuchte sich ihr zwar zu entziehen, zeigte ihr aber doch, dass er stärker war. Peggy starb jung, wahrscheinlich an einer Ohrverletzung, ihr von Teifi zugefügt.

Pümme – ein roter alter Kater, der älteste der argentinischen Katzen. Er hat lange erfolgreich jeden männlichen Nachwuchs der Katzen vertrieben. Dann litt er offenbar an Rheuma und hatte starke Schmerzen. Er zog sich daher in ein abgelegenes Sumpfgebiet zurück, wo ihn die Katze Mauserchen liebevoll betreute.

Pumpi – der erste Hund, der in Elsas Leben eine gewisse Rolle spielte, obwohl er schon 1931, zum Zeitpunkt ihrer Geburt, tragisch ums Leben kam. Er war ein Findling, mittelgroß, weiß und von unbestimmter Rasse.

Senta – eine Tochter von Panschi II. und Moni. Sie wurde als Gefährtin für Bobby an die Nachbarn verschenkt. Wenn diese während der Woche in Buenos Aires arbeiteten, kam sie immer wieder zu ihrer alten Familie zurück, denn Bobby mochte sie nicht.

Rubia – eine Stute in Argentinien, fuchsfarben mit heller Mähne, ein Arbeitstier für Fahrten mit dem Pferdekarren. Auch Elsa ist öfter mit ihr ausgefahren, in die nähere Umgebung oder in die Kleinstadt.

Shira – wurde von Elsa und ihrem Mann 1991 aus dem Tierheim geholt. Eine mittelgroße schwarze Mischlingshündin. Fünf Jahre hatte sie allein als Streunerin auf den Straßen Madrids gelebt. Sie war sehr zutraulich und eine begabte Bettlerin. Sie ging immer wieder allein auf Tour und kam erst Stunden später wieder nach Hause. Sie verursachte damit in ihrer Familie viel Aufregung. Shira ist vierzehn Jahre alt geworden.

Suleika – eine ältere braun-weiße Setterhündin in Argentinien. Offensichtlich hatte sie Junge gehabt, von denen sie getrennt worden war, bevor man sie schließlich aussetzte. Sie wurde von Elsas Verwandten auf deren Grundstück gefunden. Elsas Familie nahm sie als vierten Hund auf. Suleika musste sich mithilfe der Menschen erst noch einen Platz im Hunderudel erkämpfen.

Teifi – ein junger schwarzer Kater in Argentinien. Sohn von Mauserchen und Pümme und der erste männliche Nachkomme, den der alte Kater Pümme nicht mehr vertreiben konnte.

Tessy – Elsas letzter Hund. Eine schwarze mittelgroße Mischlingshündin aus dem Tierheim. Sie konnte ihre aggressive Ablehnung gegenüber anderen Hunden nicht zügeln. Das führte zu vielen unerfreulichen Beißereien und regelrechten Hundekämpfen. Erst nachdem sie einmal vorübergehend mit Maulkorb, aber frei, auf der Hundewiese umherlaufen durfte, machte sie die Erfahrung, dass andere Hunde ihr nichts tun. Danach lernte sie, sich Hunden gegenüber friedlich zu verhalten. Sie schloss sogar Freundschaften mit anderen Hunden und war Liebling vieler Kinder. Ein besonders inniges Verhältnis aber entwickelte sie zu Elsa. Tessy wurde immerhin siebzehn Jahre alt.

Nachwort und Dank

Nachdem ich beim Träumen und während des Schreibens in meinen Erinnerungen geschwelgt, manchen Seufzer ausgestoßen und manche Träne vergossen habe, muss ich doch auch all der lieben Menschen gedenken, ohne deren Unterstützung meine intensiven Beobachtungen und die Freundschaften mit so vielen Tieren gar nicht möglich gewesen wären.

Ja, ich muss zugeben, dass mir der Umgang mit Menschen – Verständnis und Liebe von Menschen – auch sehr wichtig ist. Ich brauche den Austausch mit meinesgleichen. Auch darin ähneln sich Mensch und Tier, dass sie ihr eigenes natürliches, soziales Umfeld brauchen und in den meisten Fällen nicht isoliert ohne ihre Artgenossen leben möchten. So sehr wir die Bedürfnisse unserer Mitmenschen ernst nehmen, so sehr sollten wir auch die Bedürfnisse unserer tierischen Verwandten respektieren.

Das enge Zusammenleben mit Tieren hat mir auch viele interessante menschliche Begegnungen gebracht und damit mein Leben insgesamt bereichert. Ein wenig habe ich diese Menschen in meinen Tiergeschichten auch gewürdigt, aber es ist mir ein Bedürfnis, einige besonders zu erwähnen.

An erster Stelle möchte ich meinem lieben Mann Theo danken, dem die Unterstützung seiner närrischen Frau nie zu viel wurde und der immer ohne Murren, selbst in später Nacht, bereit war noch einmal mit dem Hund Gassi zu gehen, wenn es denn notwendig wurde. Der neben seiner aufreibenden Berufstätigkeit und unseren vielfältigen menschlichen Problemen in der Familie immer auch ein offenes Ohr für die Belange des Familienhundes oder der Mieze hatte. Außerdem wurden ihm die Berichte aus meinem Alltag mit den Tieren nie zu viel, im Gegenteil; er hat mich zum ausführlichen Erzählen motiviert und damit auch zum späteren Aufschreiben der Tiergeschichten beigetragen.

Nicht zu vergessen die vielen Bekanntschaften und Freundschaften mit anderen Hunde- und Katzenbesitzern überall dort, wo ich eine längere Zeit gelebt habe. Man kann einen Menschen sehr gut beurteilen, wenn man seinen Umgang mit Tieren beobachtet und seine Ansichten über unsere tierischen Verwandten näher kennenlernt. Die Ratschläge dieser Menschen waren hilfreich für mich und ich konnte noch einiges dazulernen. Ihre Unterstützung beruhte meistens auf Gegenseitigkeit. All diesen „Herrchen" und „Frauchen" mit ihren vierbeinigen Schützlingen möchte ich meinen Dank aussprechen.

Das Wichtigste aber zum Schluss: Mein besonderer Dank gilt all jenen Einrichtungen des Tierschutzes, die bei uns und im europäischen Ausland wichtige Arbeit leisten, besonders dem „Bund gegen den Missbrauch der Tiere e. V.", dem ich meine beiden letzten Hündinnen verdanke. Nicht von ungefähr waren diese Tiere so menschenbezogen und liebenswert, denn obwohl Streunerhunde, hatten sie im Tierheim ihre ersten guten Erfahrungen mit Menschen sammeln können.

Über die Autorin

Geboren 1931 in Erfurt, verbrachte Wera Wendnagel ihre Kindheit kriegsbedingt in Pommern, der Uckermark und in Württemberg. Überall freundete sie sich mit Haustieren an. 1950 bis 1955 lebte sie in Argentinien in engem Kontakt mit einem Hunderudel und anderen Tieren.

Zurück in Deutschland studierte sie zunächst Pädagogik. Danach betätigte sie sich als Autorin. Bücher: „Mama Moneta oder die Frauenfolge" 1990, Neuauflage: 2013, und „Mariannes Vermächtnis" 2010.

Ein ereignisreiches Leben, ein großer Erinnerungsschatz, ein gutes Gedächtnis und eine gewisse Altersweisheit sind die Grundlage neuerer literarischer Arbeit.

www.tredition.de

Über tredition

Der tredition Verlag wurde 2006 in Hamburg gegründet. Seitdem hat tredition Hunderte von Büchern veröffentlicht. Autoren können in wenigen leichten Schritten print-Books, e-Books und audio-Books publizieren. Der Verlag hat das Ziel, die beste und fairste Veröffentlichungsmöglichkeit für Autoren zu bieten.

tredition wurde mit der Erkenntnis gegründet, dass nur etwa jedes 200. bei Verlagen eingereichte Manuskript veröffentlicht wird. Dabei hat jedes Buch seinen Markt, also seine Leser. tredition sorgt dafür, dass für jedes Buch die Leserschaft auch erreicht wird

Autoren können das einzigartige Literatur-Netzwerk von tredition nutzen. Hier bieten zahlreiche Literatur-Partner (das sind Lektoren, Übersetzer, Hörbuchsprecher und Illustratoren) ihre Dienstleistung an, um Manuskripte zu verbessern oder die Vielfalt zu erhöhen. Autoren vereinbaren unabhängig von tredition mit Literatur-Partnern die Konditionen ihrer Zusammenarbeit und können gemeinsam am Erfolg des Buches partizipieren.

Das gesamte Verlagsprogramm von tredition ist bei allen stationären Buchhandlungen und Online-Buchhändlern wie z. B. Amazon erhältlich. e-Books stehen bei den führenden Online-Portalen (z. B. iBook-Store von Apple) zum Verkauf.

Seit 2009 bietet tredition sein Verlagskonzept auch als sogenanntes "White-Label" an. Das bedeutet, dass andere Personen oder Institutionen risikofrei und unkompliziert selbst zum Herausgeber von Büchern und Buchreihen unter eigener Marke werden können.

Mittlerweile zählen zahlreiche renommierte Unternehmen, Zeitschriften-, Zeitungs- und Buchverlage, Universitäten, Forschungseinrichtungen, Unternehmensberatungen zu den Kunden von tredition. Unter www.tredition-corporate.de bietet tredition vielfältige weitere Verlagsleistungen speziell für Geschäftskunden an.

tredition wurde mit mehreren Innovationspreisen ausgezeichnet, u. a. Webfuture Award und Innovationspreis der Buch-Digitale.

tredition ist Mitglied im Börsenverein des Deutschen Buchhandels.

Zeitfracht Medien GmbH
Ferdinand-Jühlke-Straße 7
99095 Erfurt, Deutschland
produktsicherheit@kolibri360.de